山地回忆

SHAN DI HUI YI

孙犁

著

北京联合出版公司
Beijing United Publishing Co.,Ltd.

图书在版编目（CIP）数据

山地回忆 / 孙犁著 . —北京：北京联合出版公司，
2025. 2. -- ISBN 978-7-5596-8146-1

Ⅰ . I217.2

中国国家版本馆 CIP 数据核字第 20240CQ197 号

山地回忆

作　　者：孙　犁
出 品 人：赵红仕
责任编辑：李艳芬

北京联合出版公司出版
（北京市西城区德外大街83号楼9层　100088）
三河市嘉科万达彩色印刷有限公司　新华书店经销
字数：134千字　710毫米×1000毫米　1/16　印张：12.5
2025年2月第1版　　2025年2月第1次印刷
ISBN 978-7-5596-8146-1
定价：42.00元

版权所有，侵权必究
未经书面许可，不得以任何方式转载、复制、翻印本书部分或全部内容。
如发现图书质量问题，可联系调换。质量投诉电话：010-82069336

目录

001 山地回忆

010 童年漫忆

017 书的梦

024 画的梦

029 晚秋植物记

034 秋凉偶记

040 保定旧事

048 某村旧事

055 新居琐记

062 谈美

070 楼居随笔

076 女保管

084 一九五六年的旅行

092　秋千
101　乡里旧闻（一）
109　乡里旧闻（二）
120　乡里旧闻（三）
128　乡里旧闻（四）
138　烈士陵园
142　青春余梦
145　芸斋梦余
149　吃饭的故事
152　猫鼠的故事
156　昆虫的故事
159　服装的故事
164　芸斋琐谈
180　少年鲁迅读本

山地回忆

从阜平乡下来了一位农民代表，参观天津的工业展览会。我们是老交情，已经快有十年不见面了。我陪他去参观展览，他对于中纺的织纺，对于那些改良的新农具特别感兴趣。临走的时候，我一定要送点东西给他，我想买几尺布。

为什么我偏偏想起买布来？因为他身上穿的还是那样一种浅蓝的土靛染的粗布裤褂。这种蓝的颜色，不知道该叫什么蓝，可是它使我想起很多事情，想起在阜平穷山恶水之间度过的三年战斗的岁月，使我记起很多人。这种颜色，我就叫它"阜平蓝"或是"山地蓝"吧。

他这身衣服的颜色，在天津很是显得突出，也觉得土气。但是在阜平，这样一身衣服，织染既是不容易，穿上也就觉得鲜亮好看了。阜平土地很少，山上都是黑石头，雨水很多很暴，有些泥土就冲到冀中平原上来

 山地回忆

了——冀中是我的家乡。阜平的农民没有见过大的地块，他们所有的，只是像炕台那样大，或是像锅台那样大的一块土地。在这小小的、不规整的，有时是尖形的，有时是半圆形的，有时是梯形的小块土地上，他们费尽心思，全力经营。他们用石块垒起，用泥土包住，在边沿栽上枣树，在中间种上玉蜀黍。

阜平的天气冷，山地不容易见到太阳。那里不种棉花，我刚到那里的时候，老大娘们手里搓着线锤。很多活计用麻代线，连袜底也是用麻纳的。

就是因为袜子，我和这家人认识了，并且成了老交情。那是个冬天，该是一九四一年的冬天，我打游击打到了这个小村庄，情况缓和了，部队决定休息两天。

我每天到河边去洗脸，河里结了冰，我蹲在冰冻的石头上，把冰砸破，浸湿毛巾，等我擦完脸，毛巾也就冻挺了。有一天早晨，刮着冷风，只有一抹阳光，黄黄地落在河对面的山坡上。我又蹲在那块石头上去，砸开那个冰口，正要洗脸，听见在下水流有人喊：

"你看不见我在这里洗菜吗？洗脸到下边洗去！"

这声音是那么严厉，我听了很不高兴。这样冷天，我来砸冰洗脸，反倒妨碍了人。心里一时挂火，就也大声说：

"离着这么远，会弄脏你的菜？！"

我站在上风头，狂风吹送着我的愤怒，我听见洗菜的人也恼了，那人说：

山地回忆

"菜是下口的东西呀！你在上流洗脸洗屁股，为什么不脏？！"

"你怎么骂人？"我站立起来转过身去，才看见洗菜的是个女孩子，也不过十六七岁。风吹红了她的脸，像带霜的柿叶，水冻肿了她的手，像上冻的红萝苗。她穿的衣服很单薄，就是那种蓝色的破袄裤。

在十月严冬的河滩上，敌人往返烧毁过几次的村庄的边沿，寒风里，她抱着一篮子水沤的杨树叶，这该是早饭的食粮。

不知道为什么，我一时心平气和下来。我说：

"我错了，我不洗了，你在这块石头上来洗吧！"

她冷冷地望着我，过了一会儿才说：

"你刚在那石头上洗了脸，又叫我站上去洗菜！"

我笑着说：

"你看你这人，我在上水洗，你说下水脏，这么一条大河，哪里就能把我脸上的泥土冲到你的菜上去？现在叫你到上水来，我到下水去，你还说不行，那怎么办哩？"

"怎么办，我还得往上走！"

她说着，扭着身子逆着河流往上去了。蹬在一块尖石上，把菜篮浸进水里，把两手插在袄襟底下取暖，望着我笑了。

我哭不得，也笑不得，只好说：

"你真讲卫生呀！"

"我们是真卫生，你们是装卫生！你们尽笑话我们，说我们山沟里的人不讲卫生，住在我们家里，吃了我们的饭，还刷嘴刷牙，我们的菜饭再

山地回忆

不干净,难道还会弄脏了你们的嘴?为什么不连肠子肚子都刷刷干净!"说着就笑得弯下腰去。

我觉得好笑。可也看见,在她笑着的时候,她的整齐的牙齿洁白得放光。

"对,你卫生,我们不卫生。"我说。

"那是假话吗?你们一个饭缸子,也盛饭,也盛菜,也洗脸,也洗脚,也喝水,也尿泡,那是讲卫生吗?"她笑着用两手在冷水里刨抓。

"这是物质条件不好,不是我们愿意不卫生。等我们打败了日本,占了北平,我们就可以吃饭有吃饭的家伙,喝水有喝水的家伙了,我们就可以一切齐备了。"

"什么时候才能打败鬼子?"女孩子望着我,"我们的房,叫他们烧过两三回了!"

"也许三年,也许五年,也许十年八年。可是不管三年五年,十年八年,我们总是要打下去,我们不会悲观的。"我这样对她讲,当时觉得这样讲了以后,心里很高兴了。

"光着脚打下去吗?"女孩子转脸望了我脚上一下,就又低下头去洗菜了。

我一时没弄清是怎么回事,就问:

"你说什么?"

"说什么?"女孩子也装没有听见,"我问你为什么不穿袜子,脚不冷吗?也是卫生吗?"

山地回忆

"喀！"我也笑了，"这是没有法子么，什么卫生！从九月里就反'扫荡'，可是我们八路军，是非到十月底不发袜子的。这时候，正在打仗，哪里去找袜子穿呀？"

"不会买一双？"女孩子低声说。

"哪里去买呀？尽住小村，不过镇店。"我说。

"不会求人做一双？"

"哪里有布呀？就是有布，求谁做去呀？"

"我给你做。"女孩子洗好菜站起来，"我家就住在那个坡子上，"她用手一指，"你要没有布，我家里有点，还够做一双袜子。"

她端着菜走了，我在河边上洗了脸。我看了看我那只穿着一双"踢倒山"的鞋子，冻得发黑的脚，一时觉得我对于面前这山，这水，这沙滩，永远不能分离了。

我洗过脸，回到队上吃了饭，就到女孩子家去。她正在烧火，见了我就说：

"你这人倒实在，叫你来你就来了。"

我既然摸准了她的脾气，只是笑了笑，就走进屋里。屋里蒸气腾腾，等了一会儿，我才看见炕上有一个大娘和一个四十多岁的大伯，围着一盆火坐着。在大娘背后还有一位雪白头发的老大娘。一家人全笑着让我炕上坐。女孩子说：

"明儿别到河里洗脸去了，到我们这里洗吧，多添一瓢水就够了！"

大伯说：

山地回忆

"我们妞儿刚才还笑话你哩！"

白发老大娘瘪着嘴笑着说：

"她不会说话，同志，不要和她一样呀！"

"她很会说话！"我说，"要紧的是她心眼儿好，她看见我光着脚，就心疼我们八路军！"

大娘从炕角里扯出一块白粗布，说：

"这是我们妞儿纺了半年线赚的，给我做了一条棉裤，下剩的说给她爹做双袜子，现在先给你做了穿上吧。"

我连忙说：

"叫大伯穿吧！要不，我就给钱！"

"你又装假了，"女孩子烧着火抬起头来，"你有钱吗？"

大娘说：

"我们这家人，说了就不能改移。过后再叫她纺，给她爹赚袜子穿。早先，我们这里也不会纺线，是今年春天，家里住了一个女同志，教会了她。还说再过来了，还教她织布哩！你家里的人，会纺线吗？"

"会纺！"我说，"我们那里是穿洋布哩，是机器织纺的。大娘，等我们打败日本……"

"占了北平，我们就有洋布穿，就一切齐备！"女孩子接下去，笑了。

可巧，这几天情况没有变动，我们也不转移。每天早晨，我就到女孩子家里去洗脸。第二天去，袜子已经剪裁好，第三天去她已经纳底子了，用的是细细的麻线。她说：

山地回忆

"你们那里是用麻用线？"

"用线。"我摸了摸袜底，"在我们那里，鞋底也没有这么厚！"

"这样坚实。"女孩子说，"保你穿三年，能打败日本不？"

"能够。"我说。

第五天，我穿上了新袜子。

和这一家人熟了，就又成了我新的家。这一家人身体都健壮，又好说笑。女孩子的母亲，看起来比女孩子的父亲还要健壮。女孩子的姥姥九十岁了，还那么结实，耳朵也不聋，我们说话的时候，她不插言，只是微微笑着，她说：她很喜欢听人们说闲话。

女孩子的父亲是个生产的好手，现在地里没活了，他正计划贩红枣到曲阳去卖，问我能不能帮他的忙。部队重视民运工作，上级允许我帮老乡去做运输，每天打早起，我同大伯背上一百多斤红枣，顺着河滩，爬山越岭，送到曲阳去。女孩子早起晚睡给我们做饭，饭食很好，一天，大伯说：

"同志，你知道我是沾你的光吗？"

"怎么沾了我的光？"

"往年，我一个人背枣，我们妞儿是不会给我吃这么好的！"

我笑了。女孩子说：

"沾他什么光，他穿了我们的袜子，就该给我们做活了！"又说，"你们跑了快半月，赚了多少钱？"

"你看，她来查账了，"大伯说，"真是，我们也该计算计算了！"他

山地回忆

打开放在被垛底下的一个小包袱，"我们这叫包袱账，赚了赔了，反正都在这里面。"

我们一同数了票子，一共赚了五千多块钱，女孩子说：

"够了。"

"够干什么了？"大伯问。

"够给我买张织布机子了！这一趟，你们在曲阳给我买架织布机子回来吧！"

无论姥姥、母亲、父亲和我，都没人反对女孩子这个正当的要求。我们到了曲阳，把枣卖了，就去买了一架机子。大伯不怕多花钱，一定要买一架好的，把全部盈余都用光了。我们分着背了回来，累得浑身流汗。

这一天，这一家人最高兴，也该是女孩子最满意的一天。这像要了几亩地，买回一头牛；这像置好了结婚前的陪送。

以后，女孩子就学习纺织的全套手艺了：纺，拐，浆，落，经，镶，织。

当她卸下第一匹布的那天，我出发了。从此以后，我走遍山南塞北，那双袜子，整整穿了三年也没有破绽。一九四五年，我们战胜了日本强盗，我从延安回来，在碛口地方，跳到黄河里去洗了一个澡，一时大意，奔腾的黄河水，冲走了我的全部衣物，也冲走了那双袜子。黄河的波浪激荡着我关于敌后几年生活的回忆，激荡着我对于那女孩子的纪念。

开国典礼那天，我同大伯一同到百货公司去买布，送他和大娘一人一身蓝士林布，另外，送给女孩子一身红色的。大伯没见过这样鲜艳的红布，对我说：

山地回忆

"多买上几尺,再买点黄色的?"

"干什么用?"我问。

"这里家家门口挂着新旗,咱那山沟里准还没有哩!你给了我一张国旗的样子,一块带回去,叫妞儿给做一个,开会过年的时候,挂起来!"

他说妞儿已经有两个孩子了,还像小时那样,就是喜欢新鲜东西,说什么也要学会。

一九四九年十二月

童年漫忆

听 说 书

我的故乡的原始住户,据说是山西的移民,我幼小的时候,曾在去过山西的人家,见过那个移民旧址的照片,上面有一株老槐树,这就是我们祖先最早的住处。

我的家乡离山西省是很远的,但在我们那一条街上,就有好几户人家,以长年去山西做小生意,维持一家人的生活,而且一直传下好几辈。他们多是挑货郎担,春节也不回家,因为那正是生意兴隆的季节。他们回到家来,我记得常常是在夏秋忙季。他们到家以后,就到地里干活,总是叫他们的女人,挨户送一些小玩意或是蚕豆给孩子们,所以我的印象很深。

童年漫忆

其中有一个人，我叫他德胜大伯，那时他有四十岁上下。每年回来，如果是夏秋之间农活稍闲的时候，我们一条街上的人，吃过晚饭，坐在碾盘旁边去乘凉。一家大梢门两旁，有两个柳木门墩，德胜大伯常常被人们推请坐在一个门墩上面，给人们讲说评书，另一个门墩上，照例是坐一位年纪大辈数高的人，和他对称。我记得他在这里讲过《七侠五义》等故事，他讲得真好，就像一个专业艺人一样。

他并不识字，这我是记得很清楚的。他常年在外，他家的大娘，因为身材高，我们都叫她"大个儿大妈"。她每天挎着一个大柳条篮子，敲着小铜锣卖烧饼馃子。德胜大伯回来，有时帮她记记账，他把高粱的茎秆，截成笔帽那么长，用绳穿结起来，横挂在炕头的墙壁上，这就叫"账码"，谁赊多少谁还多少，他就站在炕上，用手推拨那些茎秆儿，很有些结绳而治的味道。

他对评书记得很清楚，讲得也很熟练，我想他也不是花钱到娱乐场所听来的。他在山西做生意，长年住在小旅店里，同住的人，干什么的也有，夜晚没事，也许就请会说评书的人，免费说两段，为长年旅行在外的人们消愁解闷，日子长了，他就记住了全部。

他可能也说过一些山西人的风俗习惯，因为我年岁小，对这些没兴趣，都忘记了。

德胜大伯在做小买卖途中，遇到瘟疫，死在外地的荒村小店里。他留下一个独生子叫铁锤。前几年，我回家乡，见到铁锤，一家人住在高爽的新房里，屋里陈设，在全村也是最讲究的。他心灵手巧，能做木工，并且

山地回忆

能在玻璃片上画花鸟和山水,大受远近要结婚的青年农民的欢迎。他在公社担任会计,算法精通。

德胜大伯说的是评书,也叫平话,就是只凭演说,不加伴奏。在乡村,麦秋过后,还常有职业性的说书人,来到街头。其实,他们也多半是业余的,或是半职业性的。他们说唱完了以后,有的由经管人给他们敛些新打下的粮食;有的是自己兼做小买卖,比如卖针,在他说唱中间,由一个管事人,在妇女群中,给他卖完那一部分针就是了。这一种人,多是说快书,即不用弦子,只用鼓板。骑着一辆自行车,车后座做鼓架。他们不说整本,只说小段。卖完针,就又到别的村庄去了。

一年秋后,村里来了弟兄三个人,推着一车羊毛,说是会说书,兼有擀毡条的手艺。第一天晚上,就在街头说了起来,老大弹弦,老二说《呼家将》,真正的西河大鼓,韵调很好。村里一些老年的书迷,大为赞赏。第二天就去给他们张罗生意,挨家挨户去动员:擀毡条。

他们在村里住了三四个月,每天夜晚说《呼家将》。冬天天冷,就把书场移到一家茶馆的大房子里。有时老二回老家运羊毛,就由老三代说,但人们对他的评价不高,另外,他也不会说《呼家将》。

眼看就要过年了,呼延庆的擂还没打成。每天晚上预告,明天就可以打擂了,第二天晚上,书中又出了岔子,还是打不成。人们盼呀,盼呀,大人孩子都在盼。村里娶儿聘妇要擀毡条的主,也差不多都擀了,几个老书迷,还在四处动员:

"擀一条吧,冬天铺在炕上多暖和呀!再说,你不擀毡条,呼延庆也

童年漫忆

打不了擂呀！"

直到腊月二十老几，弟兄三个看着这村里实在也没有生意可做了，才结束了《呼家将》。他们这部长篇，如果整理出版，我想一定也有两块大砖头那么厚吧。

第一个借给我《红楼梦》的人

我第一次读《红楼梦》，是十岁左右还在村里上小学的时候。我先在西头刘家，借到一部《封神演义》，读完了，又到东头刘家借了这部书。东西头刘家都是以屠宰为业，是一姓一家。刘姓在我们村里是仅次于我们姓的大户，其实也不过七八家，因为这是一个很小的村庄。

从我能记忆起，我们村里有书的人家，几乎没有。刘家能有一些书，是因为他们所经营的近似一种商业。农民读书的很少，更不愿花钱去买这些"闲书"。那时，我只能在庙会上看到书，书摊小贩支架上几块木板，摆上一些石印的，花纸或花布套的，字体非常细小，纸张非常粗黑的《三字经》《玉匣记》，唱本、小说。这些书可以说是最普及的廉价本子，但要买一部小说，恐怕也要花费一两天的食用之需。因此，我的家境虽然富裕一些，也不能随便购买。我那时上学念的课本，有的还是母亲求人抄写的。

东头刘家有兄弟四人，三个在少年时期就被生活所迫，下了关东。其中老二一直没有回过家，生死存亡不知。老三回过一次家，还是不能生

山地回忆

活,只在家过了一个年,就又走了,听说他在关东,从事的是一种非常危险的勾当。

家里只留下老大,他娶了一房童养媳妇,算是成了家。他的女人,个儿不高,但长得颇为端正俊俏,又喜欢说笑,人缘很好,家里长年设着一个小牌局,抽些油头,补助家用。男的还是从事屠宰,但已经买不起大牲口,只能剥个山羊什么的。

老四在将近中年时,从关东回来了,但什么也没有带回来。这人长得高高的个子,穿着黑布长衫,走起路来,"蛇摇担晃"。他这种走路的姿势,常常引起家长们对孩子的告诫,说这种走法没有根底,所以他会吃不上饭。

他叫四喜,论乡亲辈,我叫他四喜叔。我对他的印象很好。他从东头到西头,扬长地走在大街上,说句笑话儿,惹得他那些嫂子辈的人,骂他"贼兔子",他就越发高兴起来。他对孩子们尤其和气。有时,坐在他家那旷荡的院子里,拉着板胡,唱一段清扬悦耳的梆子,我们听起来很是入迷。他知道我好看书,就把他的一部《金玉缘》借给了我。

哥哥嫂子,当然对他并不欢迎,在家里,他已经无事可为,每逢集市,他就夹上他那把锋利明亮的切肉刀,去帮人家卖肉。他站在肉车子旁边,那把刀,在他手中熟练而敏捷地摇动着,那煮熟的牛肉、马肉或是驴肉,切出来是那样薄,就像木匠手下的刨花一样,飞起来并且有规律地落在那圆形的厚而又大的肉案边缘,这样,他在给顾客装进烧饼的时候,既出色又非常方便。他是远近知名的"飞刀刘四"。现在是英雄落

童年漫忆

魄,暂时又有用武之地。在他从事这种工作的时候,你可以看到,他高大的身材,在一层层顾客的包围下,顾盼神飞,谈笑自若。可以想到,如果一个人,能永远在这样一种状态中存在,岂不是很有意义,也很光荣?

等到集市散了,天也渐渐晚了,主人请他到饭铺吃一顿饱饭,还喝了一些酒。他就又夹着他那把刀回家去。集市离我们村只有三里路。在路上,他有些醉了,走起来,摇晃得更厉害了。

对面来了一辆自行车。他忽然对着人家喊:

"下来!"

"下来干什么?"骑自行车的人,认得他。

"把车子给我!"

"给你干什么?"

"不给,我砍了你!"他把刀一扬。

骑车子的人回头就走,绕了一个圈子,到集市上的派出所报了案。

他若无其事地回到家里,也许把路上的事忘记了。当晚睡得很香甜。第二天早晨,就被捉到县城里去。

那时正是冬季,农村很动乱,每天夜里,绑票的枪声,就像大年五更的鞭炮。专员正责成县长加强治安,县长不分青红皂白,就把他枪毙,作为成绩向上级报告了。他家里的人没有去营救,也不去收尸。一个人就这样完结了。

他那部《金玉缘》,当然也就没有了下落。看起来,是生活决定着他

山地回忆

的命运，而不是书。而在我的童年时代，是和小小的书本同时，痛苦地看到了严酷的生活本身。

一九七八年春天

书的梦

到市场买东西,也不容易。一要身强体壮,二要心胸宽阔。出于种种原因,我足不入市,已经有很多年了。这当然是因为有人帮忙,去购置那些生活用品。夜晚多梦,在梦里却常常进入市场。在喧嚣拥挤的人群中,我无视一切,直奔那卖书的地方。

远远望去,破旧的书床上好像放着几种旧杂志或旧字帖。顾客稀少,主人态度也很和蔼。但到那里定睛一看,却往往令人失望,毫无所得。

按照弗洛伊德的学说,这种梦境,实际上是幼年或青年时代,残存在大脑皮质上的一种印象的再现。

是的,我梦到的常常是农村的集市景象:在小镇的长街上,有很多卖农具的,卖吃食的,其中偶尔有卖旧书的摊贩。或者,在杂乱放在地下的旧货中间,有几本旧书,它们对我最富有诱惑的力量。

山地回忆

这是因为,在童年时代,常常在集市或庙会上,去光顾那些出售小书的摊贩。他们出卖各种石印的小说、唱本。有时,在戏台附近,还会遇到陈列在地下的,可以白白拿走的,宣传耶稣教义的各种圣徒的小传。

在保定上学的时候,天华市场有两家小书铺,出卖一些新书。在大街上,有一种当时叫作"一折八扣"的廉价书,那是新旧内容的书都有的,印刷当然很劣。

有一回,在紫河套的地摊上,买到一部姚鼐编的《古文辞类纂》,是商务印书馆的铅印大字本,花了一圆大洋,这在我是破天荒的慷慨之举。又买了二尺花布,拿到一家裱画铺去做了一个书套。但保定大街上,就有商务印书馆的分馆,到里面买一部这种新书,所费也不过如此,才知道上了当。

后来又在紫河套买了一本大字的夏曾佑撰写的《中国历史教科书》(就是后来的《中国古代史》),也是商务排印的大字本,共两册。

最后一次逛紫河套,是一九五二年。我路过保定,远千里同志陪我到"马号"吃了一顿童年时爱吃的小馆,又看了"列国"古迹,然后到紫河套。在一家收旧纸的店铺里,远买了一部石印的《李太白集》。这部书,在远去世后,我在他的夫人于雁军同志那里还看见过。

中学毕业以后,我在北平流浪着。后来,在北平市政府当了一名书记。这个书记,是当时公务人员中最低的职位,专事抄写,是一种雇员,随时可以解职的,每月有二十元薪金。在那里,我第一次见到了旧官场、旧衙门的景象。那地方倒很好,后门正好对着北平图书馆。我正在青年,

书的梦

富于幻想，很不习惯这种职业。我常常到图书馆去看书。到北新桥、西单商场、西四牌楼、宣武门外去逛旧书摊。那时买书，是节衣缩食，所购完全是革命的书。我记得买过六期《文学月报》、五期《北斗》杂志，还有其他一些革命文艺期刊，如《奔流》《萌芽》《拓荒者》《世界文化》等。有时就带上这些刊物去"上衙门"。我住在石驸马大街附近，东太平街天仙庵公寓，那里的一位老工友，见我出门，就如此恭维。好在科里都是一些混饭吃、不读书的人，也没人过问。

我们办公的地方，是在一个小偏院的西房。这个屋子里最高的职位，是一名办事员，姓贺。他的办公桌摆在靠窗的地方，而且也只有他的桌子上有块玻璃板。他的对面也是一位办事员，姓李，好像和市长有些瓜葛，人比较文雅。家就住在府右街，他结婚的时候，我随礼去过。

我的办公桌放在西墙的角落里，其实那只是一张破旧的板桌，根本不是办公用的，桌子上也没有任何文具，只堆放着一些杂物。桌子两旁，放了两条破板凳，我对面坐着一位姓方的青年，是破落户子弟。他写得一手好字，只是染上了严重的嗜好。整天坐在那里打盹，睡醒了就和我开句玩笑。

那位贺办事员，好像是南方人，一上班嘴里的话是不断的，他装出领袖群伦的模样，对谁也不冷淡。他见我好看小说，就说他认识张恨水的内弟。

很久我没有事干，也没人分配给我工作。同屋有位姓石的山东人，为人诚实，他告诉我，这种情况并不好，等科长来考勤，对我很不利。他比

山地回忆

较老于官场,他说,这是朝中无人的缘故。我那时不知此中的利害,还是把书本摆在那里看。

我们这个科是管市民建筑的。市民要修房建房,必须请这里的技术员,去丈量地基,绘制蓝图,看有没有侵占房基线。然后在窗口那里领照。

我们科的一位股长,是一个胖子,穿着蓝绸长衫,和下僚谈话的时候,老是把一只手托在长衫的前襟下面,做撩袍端带的姿态。他当然不会和我说话的。

有一次,我写了一个请假条寄给他。我虽然看过《酬世大观》,在中学也读过陈子展的《应用文》,高中时的国文老师,还常常把他替要人们拟的公文,发给我们当作教材。但我终于在应用时把"等因奉此"的程式用错了。听姓石的说,股长曾拿到我们屋里,朗诵取笑。股长有一个干儿子,并不在我们屋里上班,却常常到我们屋里瞎串。这是一个典型的京华恶少,政界小人。他也好把一只手托在长衫下面,不过他的长衫,不是绸的,而是蓝布,并且旧了。有一天,他又拿那件事开我的玩笑,激怒了我,我当场把他痛骂一顿,他就满脸赔笑地走了。

当时我血气方刚,正是一语不合拔剑而起的时候,更何况初入社会,就到了这样一处地方,满腹怨气,无处发作,就对他来了。

我是由志成中学的体育教师介绍到那里工作的。他是当时北方的体育明星,娶了一位宦门小姐。他的外兄是工务局的局长。所以说,我官职虽小,来头还算可以。不到一年,这位局长下台,再加上其他原因,我也就

书的梦

"另候任用"了。

我被免职以后,同事们照例是在东来顺吃一次火锅,然后到娱乐场所玩玩。和我一同免职的,还有一位家在北平附近的人,脸上有些麻子,忘记了他的姓。他是做外勤的,他的为人和他的破旧自行车上的装备,给人一种商人小贩的印象,失业对他是沉重的打击。走在街上,他悄悄地对我说:

"孙兄,你是公子哥儿吧,怎么你一点也不在乎呀!"

我没有回答。我想说:我的精神支柱是书本,他当然是不能领会的。其实,精神支柱也不可靠,我所以不在意,是因为这个职位,实在不值得留恋。另外,我只身一人,这里没有家口,实在不行,我还可以回老家喝粥去。

和同事们告别以后,我又一个人去逛西单商场的书摊。渴望已久的,鲁迅先生翻译的《死魂灵》一书,已经陈列在那里了。用同事们带来的最后一次薪金,购置了这本名著,高高兴兴回到公寓去了。

第二天清晨,夹着这本书,出西直门,路经海淀,到离北平有五六十里路的黑龙潭,去看望在那里山村小学教书的一个朋友。他是我的同乡,又是中学同学。这人为人热情,对于比他年纪小的同乡同学,情谊很深。到他那里,正是深秋时节,黄叶飘落,潭水清冷,我不断想起曹雪芹在这一带著书的情景。住了两天,我又回到了北平。

我在朝阳大学同学处住几天,又到中国大学同学处住几天。后来,感到肚子有些饿,就写了一首诗,投寄《大公报》的《小公园》副刊。内容

山地回忆

是：我要离开这个大城市，回到农村去了，因为我看到：在这里，是一部分人正在输血给另一部分人！

诗被采用，给了五角钱。

整理了一下，在北平一年所得的新书旧书，不过一柳条箱，就回到农村，去教小学了。

我的书籍，一损失于抗日战争之时，已在另一篇文章中略记，一损失于土地改革之时。

我的家庭成分是富农。按照当时党的政策，凡是有人在外参加革命，在政治上稍有照顾。关于书，是属于经济，还是属于政治，这是不好分的。贫农团以为书是钱买来的，这当然也是属于财产，他们就先后拿去了。其实也不看。当时，我们那里的农民，已普遍从八路军那里学会裁纸卷烟。在乡下，纸张较之布片还难得，他们是拿去卷烟了。

这时，我在饶阳县一个小区参加土改工作。大概是冀中区党委所在之地吧，发了一个通知，要各村贫农团，把斗争果实中的书籍，全部上缴小区，由专人负责清查保存。大概因为我是知识分子吧，我们的小区区长，把这个责任交给了我。

书籍也并不太多，堆在一间屋子的地下，而且多是一些古旧破书，可以用来卷烟的已经不多。我因家庭成分不好，又由于"客里空"问题，正在《冀中导报》受到公开批判，谨小慎微，对这些书籍，丝毫不敢染指，全部上缴县委了。

我的受批判，是因为那一篇《新安游记》。是个黄昏，我从端村到新

书的梦

安城墙附近绕了绕,那里地势很洼,有些雾气,我把大街的方向弄错了。回去仓促写了一篇抗日英雄故事,在《冀中导报》发表了。土改时被作为"客里空"典型。

在家乡工作期间,已经没有购买书籍的机会,携带也不方便。如果能遇到书本的话,只是用打游击的方式,走到哪里,就看到哪里。

但也有时得到书。我在蠡县工作时,有一次在县城大集上,从一个地摊上,买到一本商务印书馆出版的、铅印精装的《西厢记》。我带着看了一程子,后来送给蠡县一位书记了。

《冀中导报》在饶阳大张岗设立了一处造纸厂。他们收买一些旧书,用牲口拉的大碾,轧成纸浆。有一间棚子,堆放着旧书。我那时常到这家纸厂吃住。从棚子里,我捡到一本石印的《王圣教》和一本石印的《书谱》。

在河间工作的时候,每逢集日,在一处小树林里,有推着小车贩卖烂纸书本的。有一次,我从车上买到一部初版的《孽海花》。一直保存着,进城后,送给一位新婚燕尔、出国当参赞的同志了。

一九七九年四月

画的梦

在绘画一事上,我想,没有比我更笨拙的了。和纸墨打了一辈子交道,也常常在纸上涂抹,直到晚年,所画的小兔、老鼠等小动物,还是不成样子,更不用说人体了。这是我屡屡思考,不能得到解答的一个谜。

我从小就喜欢画。在农村,多么贫苦的人家,在屋里也总有一点点美术。人天生就是喜欢美的。你走遍多少人家,便可以欣赏到多少形式不同的、零零碎碎甚至残缺不全的画。那或者是窗户上的一片红纸花,或者是墙壁上的几张连续的故事画,或者是贴在柜上的香烟盒纸片,或者是人已经老了,在青年结婚时,亲朋们所送的麒麟送子"中堂"。

这里没有画廊,没有陈列馆,没有画展。要得到这种大规模的、能饱眼福的欣赏机会,就只有年集。年集就是新年之前的集市。赶年集和赶庙会,是童年时代最令人兴奋的事。在年集上,买完了鞭炮,就可以去看画

画的梦

了。那些小贩，把他们的画张挂在人家的闲院里，或是停放在大车的门洞里。看画的人多，买画的人少，他并不见怪，小孩们他也不撵，很有点开展览会的风度。他同时卖神像，例如"天地""老爷""灶马"之类。神画销路最大，因为这是每家每户都要悬挂供奉的。

我在童年时，所见的画，还都是木板水印，有单张的，有四联的。稍大时，则有了石印画，多是戏剧，把梅兰芳印上去，还有娃娃京戏，精彩多了。等我离开家乡，到了城市，见到的多是所谓月份牌画，印刷技术就更先进了，都是时装大美人儿。

在年集上，一位年岁大的同学，曾经告诉我：你如果去捅一下卖画人的屁股，他就会给你拿出一种叫作"手卷"的秘画，也叫"山西灶马"，好看极了。

我听来，他这些说法，有些不经，也就没有去尝试。

我没有机会欣赏更多的、更高级的美术作品，我所接触的，只能说是民间的、低级的。但是，千家万户的年画，给了我很多知识，使我知道了很多故事，特别是戏曲方面的故事。

后来，我学习文学，从书上，从杂志上，看到一些美术作品。就在我生活最不安定、最困难的时候，我的书箱里，我的案头，我的住室墙壁上，也总有一些画片。它们大多是我从杂志上裁下的。

对于我钦佩的人物，比如托尔斯泰、契诃夫、高尔基，比如鲁迅，比如丁玲同志，比如阮玲玉，我都保存了他们的很多照片或是画像。

进城以后，本来有机会去欣赏一些名画，甚至可以收集一些名人的画

山地回忆

了。但是，因为我外行，有些吝啬，又怕和那些古董商人打交道，所以没有做到。有时花很少的钱，在早市买一两张并非名人的画，回家挂两天，厌烦了，就卖给收破烂的，于是这些画就又回到了早市去。

一九六一年，黄胄同志送给我一张画，我托人拿去裱好了，挂在房间里，上面是一个维吾尔少女牵着一头毛驴，下面还有一头大些的驴，和一头驴驹。一九六二年，我又转请吴作人同志给我画了三头骆驼，一头是近景，两头是远景，题曰《大漠》，也托人裱好，珍藏起来。

一九六六年，运动一开始，黄胄同志就受到"批判"。因为他的作品，家喻户晓，他的"罪名"，也就妇孺皆知。家里人把画摘下来了。一天，我出去参加学习，机关的造反人员来抄家，一见黄胄的毛驴不在墙上了，就大怒，到处搜索。搜到一张画，展开不到半截，就摔在地下，喊："黑画有了！"其实，那不是毛驴，而是骆驼，真是驴唇不对马嘴。就这样把吴作人同志画的三头骆驼牵走了，三头小毛驴仍留在家中。

运动渐渐平息了。我想念过去的一些友人。我写信给好多年不通音信的彦涵同志，问候他的起居，并请他寄给我一张画。老朋友富于感情，他很快就寄给我那幅有名的木刻《老羊倌》，并题字用章。

我求人为这幅木刻做了一个镜框，悬挂在我的住房的正墙当中。

不久，"四人帮"在北京举办了别有用心的"黑画展览"，这是他们继小靳庄之后发动的全国性展览。

机关的一些领导人，要去参观，也通知我去看看，说有车，当天可以回来。

画的梦

我有十二年没有到北京去了，很长时间也看不到美术作品，就答应了。

在路上停车休息时，同去的我的组长，轻声对我说："听说彦涵的画展出的不少哩！"我没有答话。他这是知道我房间里挂有彦涵的木刻，对我提出的善意警告。

到了北京美术馆门前，真是和当年的小靳庄一样，车水马龙，人山人海。"四人帮"别无能为，但善于巧立名目，用"示众"的方式蛊惑人心。人们像一窝蜂一样往里面拥挤。这种场合，这种气氛，我都不能适应。我进去了五分钟，只是看了看彦涵同志那些作品，就声称头疼，钻到车里去休息了。

夜晚，我们从北京赶回来，车外一片黑暗。我默默地想：彦涵同志以其天赋之才，在政治上受压抑多年，这次是应国家需要，出来画些画。他这样努力、认真、精心地工作，是为了对人民有所贡献，有所表现。"四人帮"如此对待艺术家的良心，就是直接侮辱了人民之心。回到家来，我面对着那幅木刻，更觉得它可珍贵了。上面刻的是陕北一带的牧羊老人，他手里抱着一只羊羔，身边站立着一只老山羊。牧羊人的呼吸，与塞外高原的风云相通。

这幅木刻，一直悬挂着，并没有摘下。这也是接受了多年的经验教训：过去，我们太怯弱了，太驯服了，这样就助长了那些政治骗子的野心，他们以为人民都是阿斗，可以玩弄于他们的股掌之上。几乎把艺术整个毁灭，也几乎把我们全部葬送。

我是好做梦的，好梦很少，经常是噩梦。有一天夜晚，我梦见我把自

山地回忆

己画的一幅画,交给中学时代的美术老师,老师称赞了我,并说要留作成绩,准备展览。

那是一幅很简单的水墨画:秋风败柳,寒蝉附枝。

我很高兴,叹道:我的美术,一直不及格,现在,我也有希望当个画家了。随后又有些害怕,就醒来了。

其实,按照弗洛伊德学说,这不过是一连串零碎意识、印象的偶然的组合,就像万花筒里出现的景象一样。

一九七九年五月

晚秋植物记

白　蜡　树

庭院平台下，有五株白蜡树，五十年代街道搞绿化所植，已有碗口粗。每值晚秋，黄叶飘落，日扫数次不断。余门前一株为雌性，结实如豆荚，因此消耗精力多，其叶黄最早，飘落亦最早，每日早起，几可没足。清扫落叶，为一定之晨课，已三十余年。幼年时，农村练武术者，所持之棍棒，称作白蜡杆，即用此树枝干做成。然眼前树枝颇不直，想用火烤制过。如此，则此树又与历史兵器有关。揭竿而起，殆即此物。

 山地回忆

石　榴

前数年买石榴一株，植于瓦盆中。树渐大而盆不易，头重脚轻，每遇风，常常倾倒，盆已有裂纹数处，然尚未碎也。今年左右系以绳索，使之不倾斜。所结果实为酸性，年老不能食，故亦不甚重之。去年结果多，今年休息，只结一小果，南向，得阳光独厚。其色如琥珀珊瑚，晶莹可爱，昨日剪下，置于橱上，以为观赏之资。

丝　瓜

我好秋声，每年买蝈蝈一只，挂于纱窗之上，以其鸣叫，能引乡思。每日清晨，赴后院陆家采丝瓜花数枚，以为饲料。今年心绪不宁，未购养。一日步至后院，见陆家丝瓜花，甚为繁茂，地下萎花亦甚多。主人问何以今年未见来采，我心有所凄凄。陆，女同志，与余同从冀中区进城，亦同时住进此院，今皆衰老，而有旧日感情。

瓜　蒌

原为一家一户之庭院，新中国成立后，分给众家众户。这是革命之必然结果。原有之花木山石，破坏糟蹋完毕，乃各占地盘，经营自己之小

晚秋植物记

房屋、小菜园、小花圃，使院中建筑地貌，犬牙交错，形象大变。化整为零，化公为私，盖非一处如此，到处皆然也。工人也好，干部也好，多来自农村，其生活方式，经营思想，无不带有农民习惯，所重者为土地与砖瓦，观庭院中之竞争可知。

我体弱，无力与争。房屋周围之隙地，逐渐为有劳力、有心计者所侵占。唯窗下留有尺寸之地。不甘寂寞，从街头购瓜蒌籽数枚，植之。围以树枝，引以绳索，当年即发蔓结果矣。

幼年时，在乡村小药铺，初见此物。延于墙壁之上，果实垂垂，甚可爱，故首先想到它。当时是独家经营的新品种，同院好花卉者，也竞相种植。

东邻李家，同院中之广种博收者也。好施肥，每日清晨从厕所中掏出大粪，倾于苗圃，不以为脏。从医院要回瓜蒌秧，长势颇壮，绿化了一个方面。他种的瓜蒌，迟迟不结果，其花为白绒状，其叶亦稍不同，众人嘲笑。李家坚信不疑，请看来年，而来年如故。一王姓客人过而笑曰：此非瓜蒌，乃天花粉也，药材在根部。此客号称无所不知。

我所植，果实逐年增多，李家仍一个不结。我甚得意，遂去破绳败枝，购置新竹竿搭成高大漂亮架子，使之向空中发展，炫耀于众。出乎意料，今年亦变为李家形状，一个果也没有结出。

幸有一部《本草纲目》，找出查看。好容易才查到瓜蒌条，然亦未得要领，不知其何以有变。是肥料跟不上，还是日光照射不足？是种植几年，就要改种，还是有什么剪枝技术？书上都没有记载。只是长了一些知识：瓜蒌也叫天花粉，并非两种。王客所言，也是只知其一，不知其二。

然我之推理，亦未必全中。阳光如旧并无新的遮蔽。肥料固然施得不多，证之李家，亦未必因此。如非修剪无术，则必是本身退化，需要再播种一次新的种子了。

种植几年，它对我不再是新鲜物，我对它也有些腻烦。现在既不结果，明年想拔去，利用原架，改种葡萄。但书上说拔除甚不易，其根直入地下，有五六尺之深。这又不是我力所能及的了。

灰　菜

庭院假山，山石被人拉去，乃变为一座垃圾山。我每日照例登临，有所凭吊。今年，因此院成为脏乱死角，街道不断督促，所属机关，才拨款一千元，雇推土机及汽车，把垃圾运走。光滑几天，不久就又砖头瓦块满地，机关原想在空地种些花木，花钱从郊区买了一车肥料，卸在大门口。除院中有心人运些到自己葡萄架下外，当晚一场大雨，全漂到马路上去了。

有一户用碎砖围了一小片地，扬上一些肥料。不知为什么没有继续经营。雨后野草丛生，其中有名灰菜者，现在长到一人多高，远望如灌木。家乡称此菜为"落绿"，煮熟可做菜，余幼年所常食。其灰可浣衣，胜于其他草木灰。故又名灰菜。生命力特强，在此院房顶上，可以长到几尺高。

一九八五年十月八日

秋凉偶记

扁　豆

北方农村，中产以下人家，多以高粱秸秆，编为篱笆，围护宅院。篱笆下则种扁豆，到秋季开花结豆，罩在篱笆顶上，别有一番风情。

扁豆分白紫两种，花色亦然，相间种植，花分两色，豆各有形，引来蜂蝶，飞鸣其间，又添景色不少。

白扁豆细而长，紫扁豆宽而厚，收获以后者为多。

我自幼喜食扁豆，或炒或煎。煎时先把扁豆蒸一下，裹上面粉，谓之扁豆鱼。

吃饭是一种习性，年幼时好吃什么，到老年还是好吃什么。现在农贸市场，也有扁豆上市。

秋凉偶记

每逢吃扁豆，我就给家人讲下面一个故事：

一九三九年秋季，我在阜平县打游击，住在神仙山顶上。这座山很高很陡，全是黑色岩石，几乎没有人行路，只有牧羊人能上去。

山顶的背面，却有一户人家。他家依山盖成，门前有一小片土地，种了烟草和扁豆。

他种的扁豆，长得肥大出奇，我过去没有见过，后来也没有见过。

扁豆耐寒，越冷越长得多。扁豆有一种膻味，用羊油炒，加红辣椒，最是好吃。我在他家吃到的，正是这样做的扁豆。

他的家，其实就是他一个人。他已经四十开外，还是独身。身材高大，皮肤的颜色，和他身边的岩石，一般无二。

他也是一个游击队员。

每天天晚，我从山下归来，就坐在他的已经烧热的小炕上，吃他做的玉米面饼子，和炒扁豆。

灶上还烤好了一片绿色烟叶，他在手心里揉碎了，我们俩吸烟闲话，听着外面呼啸的山风。

一九九二年八月十三日清晨

芸斋曰：此时同志，利害相关，生死与共，不问过去，不计将来，可谓一心一德矣。甚至不问乡里，不记姓名，可谓相见以诚矣。而自始至终，能相信不疑，白发之时，能记忆不忘，又可谓真交矣。后之所谓同志，多有相违者矣。

同日又记

再观藤萝

楼下小花园，修建了一座藤萝架。走廊形，钢筋水泥，涂以白漆。下面还有供游人小憩的座位。但藤萝种了四五年，总爬不到架上去。原因是人与花争位，藤萝一爬到座位那里，妨碍了人，人就把它扒拉到地上去，再爬上来，就把它的尖子揪断。所以直到现在，藤条已经长到拇指那样粗，还是东一条，西一条，胡乱爬在地上。

藤萝这种花也怪，不上架不开花，一上架就开了。去年冬天，有一个老年人，好到这里休息晒太阳，他闲着没事，随手捡了一条塑料绳子，把头起的一枝藤条系到架上去，今年开春，它就开了一簇花，虽然一枝独秀，却非常鲜艳。

正当藤萝花开的时候，有几位年轻母亲，带孩子来这里坐。有一个女青年，听口音，看穿衣打扮，好像是谁家的保姆，也带着一个小孩，来架下玩耍。这位小保姆，个儿比较高，长得又健康俊俏，她站在架下，藤萝花正开在她的头上，在早晨的阳光照耀下，就好像谁给她插上去的。

自从改革开放以来，妇女服饰大变，心态也大变。只要穿上一件新潮衣裙，理上一个新潮发型，就是东施嫫母，也自我感觉良好，忽然变成了天仙。她们听着脚下高跟的响声，闻着脸上粉脂的香味，飘飘然地找到了自己的位置和价值。

秋凉偶记

　　这位农村来的女青年，站在这些人中间，显得超凡出众。她的美，是一种自然美，包括大自然的水土，也包括大自然的陶冶。她的美，是天生的，不是人为的，更没有描眉画眼的作假。她好像自觉到了这一点，所以她站在这些大城市时髦妇女中间，丝毫没有"不如人家"的感觉。她谈笑从容，对答如流，使得这些青年主妇也不能轻视她的聪明美丽。她成了谈话的中心，鹤立鸡群。

　　藤萝架旁边，每天还有一些老年妇女练功。教她们的，是一位带有江湖气味的中年人。这是一位热心公益的人，见到藤条散落地下，在他的学生们到来之前，他就找些绳索，把它们一一系到架上去。估计明年春季，藤萝架上，真的要繁花似锦了。

一九九二年八月十六日清晨

后富的人

　　这是一处高级住宅区。早晨八点以后，下午五时左右，接送厂长、经理、处长、局长的汽车，川流不息，不过时间不会太长，一会儿就过去了。下午的汽车，一到门口，尾巴就翘了起来。于是主人、司机以及家里人，把带回的大小纸袋子、大小纸箱子，搬到楼上去。

　　带回的东西，吃过用过以后，包装没处存放，就往垃圾道里丢。因此，第二天天还不亮，就有川流不息的捡破烂的人，来到楼群，逐楼寻

山地回忆

找，垃圾间的铁门，响声不断。

过去，干这种营生的都是本市人，现在都是外地人。他们男男女女，老老少少，破衣烂裳，囚首垢面。背着一个大塑料口袋，手里拿一个铁钩子，急急忙忙地走着，因为就是早晨东西好捡。但时间也不会长，等到接人的汽车来时，他们就都消失了。

帮我做饭的妇人，熟于此道。我曾问她：

"前边一个刚从垃圾间出来，后面一个紧跟着就进去，哪里有那么多东西？"

她说："一幢楼上，住这么多人家，倒垃圾的习惯也不一样，你知道他什么时候往下倒？也许他刚走，上面就掉下个大纸盒子来，你不是就可以捡到了吗？"

她并且告诉我，干这个，只要手脚勤快，一天的收入，是很可观的。就是刚从外地来，一无所有，衣食住行，都可以从中解决：例如破衣服、破鞋帽、干面包、烂水果，可以吃穿；破席子，可以铺用；甚至有药片，可以服。如果胆大些，边旁的破车子，可以骑上；过些日子，再换一个三轮……

关于住，她没有讲。我清晨散步的时候，的确遇到过一个外地来的小姑娘，手里提着一个破布包，满身满脸是黑灰。她问我，什么地方可以洗洗脸？我问她为什么弄得这样，她没有说。但我看见她是从一幢楼房的垃圾间出来的。

秋凉偶记

　　国家已经有不少人,先富了起来。这些从农村来城市觅生活的,可以说是后富起来的人吧。

一九九二年八月十六日清晨

保定旧事

　　我的家乡，距离保定，有一百八十里路。我跟随父亲在安国县，这样就缩短了六十里路。去保定上学，总是雇单套骡车，三个或两个同学，合雇一辆。车是前一天定好，刚过半夜，车夫就来打门了。他们一般是很守信用，绝不会误了客人行程的。于是抱行李上车。在路上，如果你高兴，车夫可以给你讲故事；如果你困了，要睡觉，他便停止，也坐在车前沿，抱着鞭子睡起来。这种旅行，虽在深夜，也不会迷失路途。因为学生们开学，路上的车，连成了一条长龙。牲口也是熟路，前边停下，它也停下；前边走了，它也跟着走起来，这样一直走到唐河渡口，天也就大亮了。如果是春冬天，在渡口也不会耽搁多久。车从草桥上过去，桥头上站着一个人，一边和车夫们开着玩笑，一边敲诈着学生们的过路钱。

　　中午，在温仁或是南大冉打尖。一进街口，便有望不到头的各式各样的笊篱,挂在大街两旁的店门口。店伙们站在门口,喊叫着,招呼着,甚至拦截着,请车辆到他的店中去。但是,这不会酿成很大的混乱,也不会因为争夺生意,互相吵闹起来。因为店伙们和车夫们都心中有数,谁是哪家的主顾,这是一生一世,也不会轻易忘情和发生变异的。

一进要停车打尖的村口,车夫们便都神气起来。那种神气是没法形容的,只有用他们的行话,才能说明万一。这就是那句社会上公认的成语:"车喝儿进店,给个知县也不干!"

确实如此,车夫把车喝住,把鞭子往车轴上一插,便什么也不管,径到柜房,洗脸,喝茶,吃饭去了。一切由店伙代劳。酒饭钱,牲口草料钱,自然是从乘客的饭钱中代付了。

牲口、人吃饱了,喝足了,连知县都不想干的车夫们,一个个喝得醉醺醺的,蜂拥着从柜房出来,催客人上路。其实,客人们早就等急了,天也不早了。这时,人欢马腾,一辆辆车赶得要飞起来,车夫坐在车上,笑嘻嘻地回头对客人说:

"先生,着什么急?这是去上学,又不是回家,有媳妇等着你!"

"你该着急呀,"一些年岁大的客人说,"保定府,你有相好的吧!"

"那误不了,上灯以前赶到就行!"车夫笑着说。

一进校门,便是黄卷青灯的生活。

这是一所私立中学,设在西关外一条南北街上。这是一条很荒凉的小街道,但庄严地坐落着一所大学和两所中等学校。此外就只有几家小饭铺,三两处糖摊。

山地回忆

整个保定的街道，都是坑坑洼洼，尘土飞扬的。那时谁也没想过，这个府城为什么这样荒凉，这样破旧，这样萧条。也没有谁想到去建设它，或是把它修整修整。谁也没有去注意这个城市的市政机关设在哪里，也看不到一个清扫街道的工人。

从学校进城去，还有一条斜着通到西门的坎坷的土马路，走过一座卖包子和罩火烧的小楼，便是护城河的石桥。秋冬风沙大，接近城门时，从门洞刮出的风又冷又烈，就得侧着身子或背着身子走。在转身的一刹那，常常会看到，在城门一边的墙上，挂着一个小木笼，这就是在那个年代，视为平常的、被灰尘蒙盖了的、血肉模糊的示众的首级。

经常有些杂牌军队，在西关火车站驻防。星期天，在石桥旁边那家澡塘里，可以看到好多军人洗澡。在马路上，三五成群的外出士兵，一般都不携带枪支，而是把宽厚的皮带握在手里。黄昏的时候，常常有全副武装的一小队人，匆匆忙忙在街上冲过，最前边的一个人，抱着灵牌一样的纸糊大令。城门上悬挂的物件，就全是他们的作品。

如果遇到什么特别重要的人物来了，比如当时的张学良，则临时戒严，街上行人，一律面向墙壁，背后排列着也是面向墙壁的持枪士兵。

这个城市，就靠几所学校维持着，成为中国北方除北平以外著名的文化古城。

如果不是星期天，城里那条最主要的街道——西大街上，是很少行人的。两旁店铺的门，有的虚掩着，有的干脆就关闭。有名的市场"马号"里，游人也是寥寥无几。这个市场，高高低低，非常阴暗。各个小铺子里的店员们，呆呆地站在柜台旁边，有的就靠着柜台睡着了。

只有南门外大街上，几家小铁器铺里，传出叮叮当当的响声；另外，从西关水磨那里，传来哗哗的流水声。此外，这就是一座灰色的，没有声音的，城南那座曹锟花园，也没有几个游人的，窒息了的城市。

那时候，只是一家单纯的富农，还不能供给一个中学生；一家普通地主，不能供给一个大学生。必须都兼有商业资本或其他收入。这样，在很长时间里，文化和剥削，发生着不可分割的关联。

这所私立的中学，一个学生一年要交三十六元的学费（买书在外）。那时，农民出售三十斤一斗的小麦，也不过收入一元多钱。

这所中学，不只在保定，在整个华北也是有名的。它不惜重金，礼聘有名望的教员，它的毕业生，成为天津北洋大学录取新生的一个主要来源。同时，不惜工本，培养运动员。北平师范大学体育系，每期差不多由它包办了。它在篮球场上，一度成为舞台上的梅兰芳那样的明星——王玉增的母校。

它也是那些从它这里培养，去法国勤工俭学，归来后成为一代著名人物的人们的母校。

当我进校的时候，它还附设着一个铁工厂，又和化学教员合办了一个制革厂，都没有什么生意，学生也不到那里去劳动，勤工俭学，已经名存实亡了。

学校从操场的西南角，划出一片地方，临着街盖了一排教室，办了一所平民学校。

山地回忆

在我上高二的时候,我有一个要好的同班生,被学校任命为平民学校的校长。他见我经常在校刊上发表小说,就约我去教女高小二年级的国文。

被教育了这么些年,一旦要去教育别人,确是很新鲜的事。听到上课的铃声,抱着书本和教具,从教员预备室里出来,严肃认真地走进教室。教室很小,学生也不多,只有五六个人。她们肃静地站立起来,认真地行着礼。

平民学校的对门,就是保定第二师范。在那灰色的大围墙里面,它的学生们,正在进行实验苏维埃的红色革命。国家民族处在生死存亡危急的关头,"九一八""一·二八"事变,在学生平静的读书生活里,像投下两颗炸弹,许多重大迫切的问题,涌到青年们的眼前,要求每个人做出解答。

我写了韩国志士谋求独立的剧本,给学生们讲了法国和波兰的爱国小说,后来又讲了十月革命的短篇作品。

班长王淑珍,坐在最前排中间位置上。每当我进来,她喊着口令,声音沉稳而略带沙哑。她身材矮小,面孔很白,眼睛在她那小而有些下尖的脸盘上,显得特别黑和特别大。油黑的短头发,分下来紧紧贴在两鬓上。嘴很小,下唇丰厚,说话的时候,总带着轻微的笑。

她非常聪明,各门功课都是出类拔萃的,大楷和绘画,我是望尘莫及的。她的作文,紧紧吻合着时代,以及我教课的思想和感情。有说不完的意思,她就写很长的信,寄到我的学校,和我讨论,要我解答。

保定旧事

我们的校长,曾经跟随过孙中山先生,后来,有人说他成了国家主义派,专门办教育了。他住在学校第二层院的正房里。学校原是由一座旧庙改建的,他所住的,就是庙宇的正殿。他是道貌岸然的,长年袍褂不离身。很少看见他和人谈笑,却常常看到他在那小小的庭院里散步,也只是限于他门前那一点点地方。一九二七年以后,每次周会,能在大饭堂听到他的清楚简短的讲话。

训育主任的办公室,设在学生出入必须经过的走廊里。他坐在办公桌上,就可以对出入学校大门的人,一览无余。他觉得这还不够,几乎无时不在那一丈多长的走廊中间,来回踱步。师道尊严,尤其是训育主任,左规右矩,走路都要给学生做出楷模。他高个子,西服革履,一脸杀气——据说曾当过连长,眼睛平直前望,一步迈出去,那种慢劲和造作劲,和仙鹤完全一样。

他的办公室的对面,是学生信架,每天下午课后,学生们到这里来,看有没有自己的信件。有一天,训育主任把我叫到他的办公室,用简短客气的话语,免去了我在平校的教职。显然是王淑珍的信出了毛病。

我的讲室,在面对操场的那座二层楼上。每次课间休息,我们都到走廊上,看操场上的学生们玩球。平校的小小院落,看得很清楚。随着下课铃响,我看见王淑珍站在她的课堂门前的台阶上,用忧郁的、大胆的、厚意深情的目光,投向我们的大楼之上。如果是下午,阳光直射在她的身上。她不顾同学们从她身边跑进跑出,直到上课的铃声响完,她才最后一个转身进入教室。

山地回忆

我从农村来,当时不太了解王淑珍的家庭生活。后来我才知道,这叫作城市贫民。她的祖先,不知在一种什么境遇下,在这个城市住了下来,目前生活是很穷困的了。她的母亲,只能把她押在那变化无常的,难以捉摸的,生活或者叫作命运的棋盘上。

城市贫民和农村的贫农不一样。城市贫民,如果他的祖先阔气过,那就要照顾生活的体面。特别是一个女孩子,她在家里可以吃不饱,但出门之时,就要有一件像样的衣服穿在身上。如果在冬天,就还要有一条宽大漂亮的毛线围巾,披在肩头。

当她因为眼病,住了西关思罗医院的时候,我又知道她家是教民,这当然也是为了得到生活上的救济。我到医院去看望了她,她用纱布包裹着双眼,像捉迷藏一样。她母亲看见我,就到外边买东西去了。在那间小房子里,王淑珍对我说了情意深长的话。医院的人来叫她去换药,我也告辞,她走到医院大楼的门口,回过身来,背靠着墙,向我的方位站了一会儿。

这座医院,是一座外国人办的医院,它有一带大围墙,围墙以内就成了殖民地。我顺着围墙往外走,经过一片杨树林。有一个小教民,背着柴筐从对面走来,向我举起拳头示威。是怕我和他争夺秋天的败枝落叶呢?还是意识到主子是外国人,自己也高人一等?

王淑珍和我年岁相差不多,她竟把我当作师长,在茫茫的人生原野上,希望我能指引给她一条正确的路。我很惭愧,我不是先知先觉,我很平庸,不能引导别人,自己也正在苦恼地从书本和实践中探索。训育主任，想叫学生循着他所规定的，像操场上田径比赛时，用白粉划定的跑道前进，这也是不可能的。时代和生活的波涛，不断起伏。在抗日大浪潮的推动下，我离开了保定，到了距离她很远的地方。

我不知道，生活把王淑珍推到了什么地方，我想她现在一定生活得很幸福。

那种苦雨愁城，枯柳败路的印象，很自然地一扫而光。

一九七七年三月

某村旧事

　　一九四五年八月，日寇投降，我从延安出发，十月到浑源，休息一些日子，到了张家口。那时已经是冬季，我穿着一身很不合体的毛蓝粗布棉衣，见到在张家口工作的一些老战友，他们竟是有些"城市化"了。做财贸工作的老邓，原是我们在晋察冀工作时的一位诗人和歌手，他见到我，当天夜晚把我带到他的住处，烧了一池热水，叫我洗了一个澡，又送我一些钱，叫我明天到早市买件衬衣。当年同志们那种同甘共苦的热情，真是值得怀念。

　　第二天清晨，我按照老邓的嘱咐到了摊贩市场。那里热闹得很，我买了一件和我的棉衣很不相称的"绸料"衬衣，还买了一条日本的丝巾围在脖子上，另外又买了一顶口外的狸皮冬帽戴在头上。路经宣化，又从老王的床铺上扯了一条粗毛毯，一件日本军用黄呢斗篷，就回到冀中

某村旧事

平原上来了。

这真是胜利归来,扬扬洒洒,连续步行十四日,到了家乡。在家里住了四天,然后,在一个大雾弥漫的早晨,到蠡县县城去。

冬天,走在茫茫大雾里,像潜在又深又冷的浑水里一样。但等到太阳出来,就看见村庄、树木上,满是霜雪,那也真是一种奇景。那些年,我是多么喜欢走路行军!走在农村的、安静的、平坦的道路上,人的思想就会像清晨的阳光,猛然投射到披满银花的万物上,那样闪耀和清澈。

傍晚,我到了县城。县委机关设在城里原是一家钱庄的大宅院里,老梁住在东屋。

梁同志朴实而厚重。我们最初认识是在一九三八年春季,我到这县组织人民武装自卫会,那时老梁在县里领导着一个剧社。但熟起来是在一九四二年,我从山地回到平原,帮忙编辑《冀中一日》的时候。

一九四三年,敌人在晋察冀持续了三个月的大"扫荡"。在繁峙境,我曾在战争空隙,翻越几个山头,去看望他一次。那时他正跟随西北战地服务团行军,有任务要到太原去。

我们分别很久了。当天晚上,他就给我安排好了下乡的地点,他叫我到一个村庄去。我在他那里,见到一个身材不高管理文件的女同志,老梁告诉我,她叫银花,就是那个村庄的人。她有一个妹妹叫锡花,在村里工作。

到了村里,我先到锡花家去。这是一家中农。锡花是一个非常热情、爽快、很懂事理的姑娘。她高高的个儿,颜面和头发上,都还带着明显的

山地回忆

稚气，看来也不过十七八岁。中午，她给我预备了一顿非常可口的家乡饭：煮红薯、炒花生、玉茭饼子、杂面汤。

她没有母亲，父亲有四十来岁，服饰不像一个农民，很像一个从城市回家的商人，脸上带着酒气，不好说话，在人面前，好像做了什么错事似的。在县城，我听说他不务正业，当时我想，也许是中年鳏居的缘故吧。她的祖父却很活跃，不像一个七十来岁的老人，黑干而健康的脸上，笑容不断，给我的印象，很像是一个牲口经纪或赌场过来人。他好唱昆曲，在我们吃罢饭休息的时候，他拍着桌沿，给我唱了一段《藏舟》。这里的老一辈人，差不多都会唱几口昆曲。

我住在这一村庄的几个月里，锡花常到我住的地方看我，有时给我带些吃食去。她担任村里党支部的委员，有时也征求我一些对村里工作的意见。有时，我到她家去坐坐，见她总是那样勤快活泼。后来，我到了河间，还给她写过几回信，她每次回信，都谈到她的学习。我进了城市，音信就断绝了。

这几年，我有时会想起她来，曾向梁同志打听过她的消息。老梁说，在一九四八年农村整风的时候，好像她家有些问题，被当作"石头"搬了一下。农民称她家为"官铺"，并编有歌谣。锡花仓促之间，和一个极普通的农民结了婚，好像也很不如意。详细情形，不得而知。乍听之下，为之默然。

我在那里居住的时候，接近的群众并不多，对于干部，也只是从表面获得印象，很少追问他们的底细。现在想起来，虽然当时已经从村里一些

某村旧事

主要干部身上，感觉到一种专横独断的作风，也只认为是农村工作不易避免的缺点。在锡花身上，连这一点也没有感到。所以，我还是想：这些民愤，也许是她的家庭别的成员引起的，不一定是她的过错。至于结婚如意不如意，也恐怕只是局外人一时的看法。感情的变化，是复杂曲折的，当初不如意，今天也许如意。很多人当时如意，后来不是竟不如意了吗？但是，这一切都太主观，近于打板摇卦了。我在这个村庄，写了《钟》《"藏"》《碑》三篇小说。在《"藏"》里，女主人公借用了锡花这个名字。

我住在村北头姓郑的一家三合房大宅院里，这原是一家地主，房东是干部，不在家，房东太太也出去看望她的女儿了。陪我做伴的，是他家一个老用人。这是一个在农村被认为缺个魂儿、少个心眼儿，其实是非常质朴的贫苦农民。他的一只眼睛不好，眼泪不停止地流下来，他不断用一块破布去擦抹。他是给房东看家的，因而也帮我做饭。没事的时候，也坐在椅子上陪我说说话儿。

有时，我在宽广的庭院里散步，老人静静地坐在台阶上；夜晚，我在屋里地下点一些秫秸取暖，他也蹲在一边取火抽烟。他的形象，在我心里，总是引起一种极其沉重的感觉。他孤身一人，年近衰老，尚无一瓦之栖，一垄之地。无论在生活和思想上，在他那里，还没有在其他农民身上早已看到的新的标志。一九四八年平分土地以后，不知他的生活变得怎样了，祝他晚境安适。

在我的对门，是妇救会主任家。我忘记她家姓什么，只记得主任叫志扬，这很像是一个男人的名字。丈夫在外面做生意，家里只有她和婆母。

山地回忆

婆母外表黑胖，颇有心计，这是我一眼就看出来的。我初到郑家，因为村干部很是照顾，她以为来了什么重要的上级，亲自来看过我一次，显得很亲近，一定约我到她家去坐坐。第二天我去了，是在平常人家吃罢早饭的时候。她正在院里打扫，这个庭院显得整齐富裕，门窗油饰还很新鲜，她叫我到儿媳屋里去，儿媳也在屋里招呼了。我走进西间里，看见妇救会主任还没有起床，盖着耀眼的红绫大被，两只白皙丰满的膀子露在被头外面，就像陈列在红绒衬布上的象牙雕刻一般。我被封建意识所拘束，急忙却步转身。她的婆母却在外间咻咻笑了起来，这给我的印象颇为不佳，以后也就再没到她家去过。

有时在街上遇到她婆母，她对我好像也非常冷淡下来了。我想，主要因为，她看透我是一个穷光蛋，既不是骑马的干部，也不是骑车子的干部，而是一个穿着粗布棉衣，夹着小包东游西晃溜溜达达的干部。进村以来，既没有主持会议，也没有登台讲演，这种干部，叫她看来，当然没有什么作为，也主不了村中的大计，得罪了也没关系，更何必巴结钻营？

后来听老梁说，这家人家在一九四八年冬季被斗争了。这一消息，没有引起我任何惊异之感，她们当时之所以工作，明显地带有投机性质。

在这村，我遇到了一位老战友，他的名字，我起先忘记了，我的爱人是"给事中"，她告诉我这个人叫松年。那时他只有二十五六岁，瘦小个儿，聪明外露，很会说话，我爱人只见过他一两次，竟能在十五六年以后，把他的名字冲口说出，足见他给人印象之深。

松年也是郑家支派。他十几岁就参加了抗日工作，原在冀中区的印

某村旧事

刷厂，后调阜平《晋察冀日报》印刷厂工作。我俩人工作经历相仿，过去虽未见面，谈起来非常亲切。他已经脱离工作四五年了。他父亲多病，娶了一房年轻的继母，这位继母足智多谋，一定要儿子回家，这也许是为了儿子的安全着想，也许是为家庭的生产生活着想。最初，松年不答应，声言以抗日为重。继母遂即给他说好一门亲事，娶了过来，枕边私语，重于诏书。新媳妇的说服动员工作很见功效，松年在新婚之后，就没有回山地去，这在当时被叫作"脱鞋"——"妥协"或开小差。

时过境迁，松年和我谈起这些来，已经没有惭怍不安之情，同时，他也许有了什么人生观的依据和现实生活的体会吧，他对我的抗日战士的贫苦奔波的生活，竟时露嘲笑的神色。那时候，我既服装不整，夜晚睡在炕上，铺的盖的也只是破毡败絮。（因为房东不在家，把被面都搁藏起来，只是炕上扔着一些破被套，我就利用它们取暖。）而我还要自己去要米，自己烧饭，在他看来，岂不近于游僧的敛化，饥民的就食！在这种情况下面，我的好言相劝，他自然就听不进去，每当谈到"归队"，他就借故推托，扬长而去。

有一天，他带我到他家里去。那也是一处地主规模的大宅院，但有些破落的景象。他把我带到他的洞房，我也看到了他那按年岁来说显得过于肥胖了一些的新妇。新妇看见我，从炕上溜下来出去了。因为曾经是老战友，我也不客气，就靠在那折叠得很整齐的新被垛上休息了一会儿。

房间裱糊得如同雪洞一般，阳光照在新糊的洒过桐油的窗纸上，明亮如同玻璃。一张张用红纸剪贴的各色花朵，都给人一种温柔之感。房间的陈设，没有一样不带新婚美满的气氛，更有一种脂粉的气味，在屋里弥漫……

柳宗元有言，流徙之人，不可在过于冷清之处久居，现在是，革命战士不可在温柔之乡久处。我忽然不安起来了。当然，这里没有冰天雪地，没有烈日当空，没有跋涉，没有饥饿，没有枪林弹雨，更没有出生入死。但是，它在消磨且已经消磨尽了一位青年人的斗志。我告辞出来，一个人又回到那冷屋子冷炕上去。

生活啊，你在朝着什么方向前进？你进行得坚定而又有充分的信心吗？

"有的。"好像有什么声音在回答我，我睡熟了。

在这个村庄里，我另外认识了一位文建会的负责人，他有些地方，很像我在《风云初记》里写到的变吉哥。

以上所记，都是十五六年前的旧事。一别此村，从未再去。有些老年人，恐怕已经安息在土壤里了吧，他们一生的得失，欢乐和痛苦，只能留在乡里的口碑上。一些青年人，恐怕早已生儿育女，生活大有变化，愿他们都很幸福。

一九六二年八月十三日夜记

新居琐记

锁　门

过去,我几乎没有锁门的习惯。年幼时在家里,总是母亲锁门,放学回来,见门锁着进不去,在门外多玩一会儿就是了,也不会着急。以后在外求学,用不着锁门;住公寓,自有人代锁。再后,游击山水之间,行踪无定,抬屁股一走了事,也从没有想过,哪里是自己的家门,当然更不会想到上锁。

进城以后,我也很少锁门,顶多在晚上把门插上就是了。

去年搬入单元房,锁门成了热话题。朋友们都说:

"千万不能大意呀,要买保险锁,进出都要碰上呀!"

劝告不能不听,但习惯一下改不掉。有一次,送客人,把门碰上了,

山地回忆

钥匙却忘在屋里。这还不要紧,厨房里正在蒸着米饭,已有二十分钟之久,再过二十分就有饭煳、锅漏,并引起火灾的危险,但无孔可入。门外彷徨,束手无策,越想越怕,一身大汗。

后来,一下想起儿子那里还有一副钥匙,求人骑车去要了来。万幸,儿子没有外出,不然,必会有一场大难。

"把钥匙装在口袋里!"朋友们又告诫说。

好,装在裤子口袋里。有一天起床,钥匙滑出来,落在床上,没有看见,就碰上门出去了。回来一摸口袋,才又傻了眼。好在这回,屋里没有点着火,不像上次那么着急,再求人去找找儿子就是了。

"用绳子把钥匙系在腰带上!"朋友们又说。

从此,我的腰带上,就系上了一串钥匙,像传说中的齐白石一样。

每一看到我腰里拖下来的这条绳子,我就哭笑不得。我为此,着了两次大急,现在又弄成这般状态,究竟是为了什么。是因为我有了一所房子,有了自己的家门。我的家里,到底有什么宝贵的东西,值得如此戒备森严呢?不就是那些破旧衣服,破旧家具,破旧书画吗?这些东西,也并不是新近置买,不是多年就有了吗?"环境不同了,时代不同了。"朋友们说。我觉得是自己和过去不同了,心理上有些变化了。

我已经停止了云游的生活,我已经失去了四大皆空的皈依,我已经返回人间世俗。总之,一把锁把我的心紧紧锁起,使它同以往的大自然,大自由,大自在,都断绝了关系。

新居琐记

我曾经打断身上的桎梏,现在又给自己系上了绳索。

我曾经从这里出走,现在又回到这里来了。

一九九〇年二月五日,昨日立春

民　工

搬到新住宅里,常常遇到所谓民工。他们成群结队,或是三三两两,在我住的楼下走过。其中有不少乡音,他们多是来自河北省。他们有的是建筑业,盖高楼大厦;也有的做临时小工。在旧社会,农民是很少进城市的,他们不是不想进城,是进城找不到活干。只能死守在家里,而家里又没有地种。因此,酿成种种悲剧。这是我在农村时,经常见到的。

现在城市,各行各业,都愿意用民工:听话,态度好,昼夜苦干。听说,每年挣钱不少,不少人在家里,盖了新房,娶了媳妇。

农民的活路有了,多了,我心里很高兴。

但我很少和他们交谈。因为我老了。另外,现在的农民,也不会听到乡音,就停下来,和你打招呼,表示亲近,他们已经见过大世面了。

我不常下楼,在楼上见到的,多是那些做临时活儿的民工。

他们在楼下栽了很多树,铺了大片草地,又搭了一个藤萝架,竖了山石。树,都是名贵树种,山石也很讲究,这都要花很多钱。

山地回忆

正在炎夏，民工们浇水很用心，很长的胶皮水管，扯来扯去。

其中有一个民工，还带着家眷。民工，四十来岁，黑红脸膛，长得粗壮，看见生人，还有些羞怯。他爱人，长得也很结实，却大方自然，什么也不在乎的样子。小男孩有六七岁了。

最初，只是民工一个人干活，老婆不是守在他的身边，就是在附近捡些破烂，例如铁丝、塑料、废纸等物。收买这些废品的小贩，也是川流不息的，她捡到一些，随手就可以换钱，给孩子买冰棍吃。那小孩却有时帮他父亲浇浇花。

我有些旧想法，原以为这个农民，可能在村里出了什么事，待不住才携家带口，来到城市的。有一天清晨，我在马路上遇到他们，男的扛着一把铁锹走在前面，母子两人，紧跟在后，说说笑笑，上工去了。

他们睡在哪里，我不知道，夏天在这里随便就可以找到栖身之地的。中午，妇女找一片破席子，铺在马路边新栽的垂柳下面，买来几个面包，两瓶汽水，一家人吃喝休息，也是表现得很快活的。面对如流的豪华车辆，各路的人物精英，无动于衷，甚至是不屑一顾。他们是真正的自食其力者。

我想，这也是家庭，这也是天伦之乐，也不一定就比这些高楼里的住户，更多一些烦恼愁苦。

过了些日子，农妇也上班了，是拔草，提着一个破筐，把草地里的杂草拔掉，放在里面，半天也装不满一筐，这活儿是够轻松的了。

但秋天来了，我就见不到他们了，可能回家去了，也可能到别的地方干活儿去了。

一九九〇年二月七日下午

装　　修

早起，黄昏，我在楼群散步时，就常常联想起，当年走在深山峡谷的情景。那时中间是流水，周围是鸟语花香，一片寂静。现在是如流的汽车，排放着废气，此起彼落，是电焊电钻的噪声。不禁喟然叹道：毕竟是现代化了啊！

过去住大杂院，所谓干扰，不过是邻居盖小房，做家具，小孩哭闹，都属于传统性质，是习惯了的。

我不怕自然界的声响，我认为：无论雷电轰鸣，狂风怒吼，洪水暴发，山崩地裂，都是一种天籁，一种自然景观。我唯怕恶人恶声，每听到见到，必掩耳而走，退避三舍。这次搬家，有一个原因，就在于此。现在电焊电钻的声音，还有凿洋灰地的声音，一户动工，万家震动，也令人不安。

然而这是没法躲避的。人们都在装修自己的住宅。里里外外，都要装修。家家户户，都要装修。其范围甚广，其时间不一，其爱好不同。然要现代化，如装太阳能、热水器、排风扇、电话、闭路电视，则无一项不需

山地回忆

要焊、钻。且住户是陆续搬来的,人手和材料的配备有先后,有人预计:全楼群安装妥帖,定在两年以后了。

我于是大恐。春节,有一位现代化友人来访,曾与他就此事交谈,兹录其要:

主:这房不是很好吗,这不都是公产吗,为什么还要这样折腾?

客:为的住着舒适阔气啊。现在分什么公私,公也是私,私也是公。

主:过去,有很多同志,放弃瓦舍千间,奔走革命,露宿荒野,住的是泥房、草屋、山洞、地洞。现在年近就木,又何必在这低矮狭窄的小天地里,费如此大的心思呢?

客:人各有志,志有多变。不能强求。且系新潮,势难阻挡。

主:为什么在盖房时,不预先把这些东西安装好?

客:这是国情。即使都安装好,他还是要鼓捣。现代化是不断更新,无止无休的呀!

主:这里住的不都是老年人吗?如果有人患心脏病,这种声音,他受得了吗?

客:老年人在这里,究竟还是少数,子女们多。至于患病的,那就更是个别的了。不会有人去注意。

我们的谈话,实际是不得要领。但客人说的"新潮"二字,最有启发性。新潮的到来，绝不是空谷穴风，总是有它到来的道理的。潮，总是以相反的形式，互相替代的。

明白人总是顺应新潮。弄潮儿之可贵，就在于此。

苏子曰：夫时有可否，物有废兴。方其所安，虽暴君不能废；及其既厌，虽圣人不能复。故风俗之变，法制随之。譬如江河之徙移，强而复之，则难为力。

反复斯言，我当有所醒悟了。

一九九〇年二月五日下午

谈　美

小　序

日前有西北大学研究生李君来舍下，询作品何以如此之美。余告以拙作无可谈者，过誉之词不可信。然感君远道而来，愿将平日想到有关艺术与美之问题，竭诚以告。李君别后，乃就谈话时自记提纲，条列为下文。

一

文、音、美、剧及其他，综合而称为艺术。凡是艺术，都应该是美的。艺术与美，可以说是同义语。这种美，包括形象和思想，即内容与形式两个方面，而且必然是统一的，没有美，则不能称为艺术。

二

艺术的美，是生活的再现。因此，生活是美的基础，可以说没有生活就没有美。但生活的美，并不等于艺术的美。艺术之美，是经过创造的。所以说，既是艺术家，就应该是创造美的人。

三

人稍有知识，即知分妍媸，辨善恶，而美与善连，恶与丑结，不可分割。在理学家讲，这是良知；在佛经上讲，这叫善知识。艺术上的创造，亦与此相同。

四

艺术家的特异功能，不在于反映，而在于创造。不在于揭示众口之所称为美者、善者，是在能于事物隐微之处，人所经常见到而不注意之处，再现美、善，于复杂、矛盾的人物性格之中，提炼美、善。

五

艺术家所创造之美,一经完成,即非生活中的东西,而成为"人间天上"的东西。曹雪芹所创造之林黛玉,即梅兰芳亦不能再现之于舞台。但林之形象、性格、语言,又能经常于日常生活之中,芸芸众生之中,见到其一鳞一爪。此一个性,伴社会生活、历史演变,而永生。此艺术之可贵,亦艺术之难能也。

六

必经创造,才能产生艺术之美。凡单纯模拟自然、模拟生活、模拟人物、模拟他人之作品,皆不能产生艺术之美,亦不得称为创作。

七

然艺术家必须经过模拟之阶段,实即观察、体验之阶段。天下未有不经过此阶段,而成为艺术家者也。观察愈细,体验愈深,则其创造成功之可能性愈大,其艺术成就亦愈高。

八

任何艺术,都要先求形似,此为初级阶段;然后,再求神似。神形兼备，巧夺天工，则为高级阶段矣。然非人人皆能达到也。

九

人皆知爱美，而艺术家对美的追求、探索，尤其强烈、执着，不同于一般。有的且近狂热，拼以身命，以求美之发挥。具备此种为美献身之狂热精神者，常常得成为艺术家。

十

美不是静止固定的东西。凡艺术，皆贵玄远，求其神韵，不尚胶滞。音乐中之高山流水，弦外之音，绕梁三日，皆此义也。艺术家于生活静止、凝重之中，能做流动超逸之想，于尘嚣市声之中，得闻天籁，必能增强其艺术的感染力量。

十一

所谓美学，即研究艺术美之学，不能离开艺术。美学属于哲学范畴，是哲学一个门类。它不是艺术现象的琐碎研究，而是探求美在创作实践中的规律。

十二

哲学是艺术的思想基础,指导力量。凡艺术家,都有他自己的根深蒂固的哲学思想,作为他表现社会,展示人生的基础。这就是一个艺术家或作家的人生哲学。

十三

作家的人生哲学,非生而知之,乃后天积学习、经历、体验而得。有的乃经过人生之一劫而后得之,《红楼梦》作者是也。虽经一劫,然又不失其赤子之心,反增强其祝福人类、改良社会之热诚与愿望,托尔斯泰是也。即使其哲学思想,并非对症之良药,然其真诚的无私之心,追求善美之勇,不可忽视。至于其艺术形象之美,婉约曼丽,容光照人,则更不能忽视之矣。

十四

美既是现实,也是理想。艺术所表现者,则为现实与理想之结合。古代美术之美,多与宗教理想相结合,然细观之,亦与社会理想相结合也。

十五

艺术与社会风尚、社会伦理、社会道德,关系至巨。凡为人生而努力的艺术家，无不注全力于此。美即真与善之结合，无真诚，无善念，尚有何美可言？故历来艺术家，都是在人伦道德上，富有修养的人。虚伪者，或能取巧于一时，终不能成为艺术家。

十六

艺术中表现之伦理道德，非说教也。艺术家长期做艺术技巧的习练，至于成熟；对人生社会，又做长期之观察、思考，熟虑于心。然后两相结合，得成为艺术。以艺术之力，感染人心，既深且永，故谓之潜移默化。

十七

艺术家创造出美的形象，以之美化人类的心灵，使之向善，此即谓之美育。中国古代，即知以艺术教化人民。最初注重音乐、诗歌，以后泛及戏剧、小说。五四前后，蔡元培先生提倡美育甚力，社会风靡从之。然此旨后不得继。学校偏重智育，音乐美术之课，形同虚设。美育废弛，必然影响德育。

十八

凡能创造美的艺术家，其学习起点必高。所见所习者既高，因此能对庸俗下流者，不屑一顾。如起点甚卑，则易同流合污矣。现代一些老的艺术家，其起步多在三十年代之初，师承鲁迅现实主义之教，投身中国革命洪流，根底甚厚。其积累之经验，可为后代言传身教者，当亦不少。

十九

凡拈花惹草，搔首弄姿，无病呻吟者，虽名为艺术家，然究不能创造真正的美。吟风弄月，媚悦世俗，皆属于东施效颦之列，因其不得国风之正也。

二十

凡虚张声势，大言欺人，捏造事实，迎风而上者，虽号称艺术家，亦不能创造真正之美。以其乃吹气球、变戏法的技巧，实非艺术的技巧也。

二十一

艺术家必注重艺术情操的修养，然后才能创造出美。艺术情操的修养，包括道德修养以及对国家、民族、时代的热诚和责任感。无此热诚及责任感者，终不能成为真正的艺术家。

二十二

要想成为真正的艺术家，在其学习创作之始，就要力求表现高尚的东西,即高尚的人物及其思想。投身革命的、进步的潮流之中,熏陶而锻冶自己的思想感情,以期与时代及人民,亲密无间。

二十三

美有个性,美有品格。凡艺术,除表现时代、社会的风貌外,亦必同时表现作者的品格、气质、道德的风貌。

二十四

凡艺术家,长期积累之后,乃进行创作。创作之时,全神贯注,与作品中人物形随神交,水乳交融,就可能创造出美的境界。但当时他所注意的只是真不真,并没有考虑美不美。美乃自然形成,非有意造作,以炫耀于观众也。至于一些对文学作品的赞美之词,"如诗如画""行云流水"等,乃出自后来读者之口,非作者写作时有意追求也。凡创作之前,先存"造美"之念者,其结果多弄巧成拙,益增其丑。

二十五

凡艺术,乃人为之功,非天才之业也。投机取巧者,可以改弦易辙矣。

一九八二年二月十六日下午改讫

楼居随笔

观垂柳

农谚："七九、八九、隔河观柳。"身居大城市，年老不能远行，是享受不到这种情景了。但我住的楼后面，小马路两旁，栽种的却是垂柳。

这是去年春季，由农村来的民工经手栽的。他们比城里人用心、负责，隔几天就浇一次水。所以，虽说这一带土质不好，其他花卉，死了不少。这些小柳树，经过一个冬季，经过儿童们的攀折、汽车的碰撞、骡马的啃噬，还算是成活了不少。两场春雨过后，都已经发芽，充满绿意了。

我自幼就喜欢小树。童年的春天，在野地玩，见到一棵小杏树、小桃树，甚至小槐树、小榆树，都要小心翼翼地移到自家的庭院去。但不记得有多少株成活、成材。

柳树是不用特意去寻觅的。我的家乡，多是沙土地，又好发水，柳树都是自己长出来的，只要不妨碍农活，人们就把它留了下来，它也很快就长得高大了。每个村子的周围，都有高大的柳树，这是平原的一大奇观。走在路上，四周观望，看不见村庄房舍，看到的，都是黑压压、雾沉沉的柳树。平原大地，就是柳树的天下。

柳树是一种梦幻的树。它的枝条叶子和飞絮，都是轻浮的、柔软的，缭绕、挑逗着人的情怀。

这种景象，在我的头脑中，就要像梦境一样消失了。楼下的小垂柳，只能引起我短暂的回忆。

一九九〇年四月五日晨

观藤萝

楼前的小庭院里，精心设计了一个走廊形的藤萝架。去年夏天，五六个民工，费了很多时日，才算架起来了。然后运来了树苗，在两旁各栽种一排。树苗很细，只有筷子那样粗，用塑料绳系在架上，及时浇灌，多数成活了。

冬天，民工不见了，藤萝苗又都散落到地上，任人践踏。幸好，前天来了一群园林处的妇女，带着一捆别的爬蔓的树苗，和藤萝埋在一起，也和藤萝一块儿又系到架上去了。

系上就走了,也没有浇水。

进城初期,很多讲究的庭院,都有藤萝架。我住过的大院里,就有两架,一架方形,一架圆形,都是钢筋水泥做的,和现在观看到的一样,藤身有碗口粗,每年春天,都开很多花,然后结很多果。因为大院,不久就变成了大杂院,没人管理,又没有规章制度,藤萝很快就被作践死了,架也被人拆去,地方也被当作别用。

当时建造、种植它的人,是几多经营,藤身长到碗口粗细,也确非一日之功。一旦根断花消,也确给人以沧海桑田之感。

一件东西的成长,是很不容易的,要用很多人工、财力。一件东西的破坏,只要一个不逞之徒的私心一动,就可完事了。他们对于"化公为私",是处心积虑的,无所不为的,办法和手段,也是很多的。

近些年,有人轻易地破坏了很多已经长成的东西。现在又不得不种植新的、小的。我们失去的,是一颗道德之心。再培养这颗心,是更艰难的。

新种的藤萝,也不一定乐观。因为我看见:养苗的不管移栽,移栽的又不管死活,即使活了,又没有人认真地管理。公家之物,还是没有主儿的东西。

一九九〇年四月五日晨

楼居随笔

听乡音

乡音，就是水土之音。

我自幼离乡背井，稍长奔走四方，后居大城市，与五方之人杂处，所以，对于谁是什么口音，从来不大注意。自己的口音，变了多少，也不知道。只是对于来自乡下，却强学城市口音的人，听来觉得不舒服而已。

这个城市的土著口音，说不上好听，但我也习惯了。只是当"文革"期间，我们迁移到另一个居民区时，老伴忽然对我说：

"为什么这里的人，说话这样难听？"

我想她是情绪不好，加上别人对她不客气所致，因此未加可否。

现在搬到新居，周围有很多老干部，散步时，常常听到乡音。但是大家相忘江湖，已经很久了，就很少上前招呼的热情了。

我每天晚上，八点钟就要上床，其实并睡不着，有时就把收音机放在床头。有一次调整收音机，河北电台，忽然传出说西河大鼓的声音，就听了一段，说的是《呼家将》。

我幼年时，曾在本村听过半部呼延庆打擂，没有打擂，说书的就回家过年去了。现在说的是打擂以后的事，最热闹的场面，是命定听不到了。西河大鼓，是我们那里流行的一种说书，它那鼓、板、三弦的配合音响，一听就使人入迷，这也算是一种乡音。说书的是一位女艺人。

最难得的，是书说完了，有一段广告，由一位女同志广播。她的声音，突然唤醒我对家乡的迷恋和热爱。虽然她的口音，已经标准化，广告词也每天相同。她的广告，还是成为我一个冬季的保留欣赏节目，每晚必听，一直到《呼家将》全书完毕。

这证明，我还是依恋故土的，思念家乡的，渴望听到乡音的。

一九九〇年四月五日下午

听风声

楼居怕风，这在过去，是没有体会的。过去住老旧的平房，是怕下雨。一下雨，就担心漏房。雨还是每年下，房还是每年漏。就那么夜不安眠地，过了好些年。

现在住的是新楼，而且是墙壁甫干，街道未平，就搬进来住了。又住中层，确是不会有漏房之忧了，高枕安眠吧。谁知又不然，夜里听到了极可怕的风声。

春季，尤其厉害。我们的楼房，处在五条小马路的交叉点，风无论往哪个方向来，它总要迎战两个或三个风口的风力。加上楼房又高，距离又近，类似高山峡谷，大大增加了风的威力。其吼鸣之声，如惊涛骇浪，实在可怕，尤其是在夜晚。

可怕，不出去也就是了，闭上眼睡觉吧！问题在于，如果有哪一个门窗，没有上好，就有被刮开的危险。而一处洞开，则全部窗门乱动，披衣

楼居随笔

去关,已经来不及,摔碎玻璃事小,极容易伤风感冒。

所以,每逢入睡之前,我必须检查全部门窗。

我老了,听着这种风声,是难以入睡的。

其实,这种风,如果放到平原大地上去,也不过是春风吹拂而已。我幼年时,并不怕风,春天在野地里砍草,遇到顶天立地的大旋风过来,我敢迎着上,钻了进去。

后来,我就越来越怕风了。这不是指风的实质,而是指风的象征。

在风雨飘摇中,我度过了半个世纪。风吹草动,草木皆兵。这种体验,不只在抗日,防御残暴的敌人时有,在"文革",担心小人的暗算时也有。

我很少有安眠的夜晚,幸福的夜晚。

一九九〇年四月七日晨

女保管
——平分杂记

　　大官亭贫农团有两位女保管，专管衣服布匹被褥，其中有一位叫刘国花。大官亭地主很多，势派又大，她原是一个女短工，专给地主家拆洗衣服，侍候坐月子什么的，土改以后，人们叫她"刘国花同志"，听那口气儿，实际上还有点轻视她的意思。

　　她有五十岁年纪，穿得还是很破烂，头发多半白了，身材瘦小，走起路来脚步细碎。她腰里带着保管股一堆钥匙，钥匙上又系着一个小铜铃，老远走来，人们就听见"皇皇"的声音。她一路走着，脸上总是挂着笑，笑跳跃在每一条皱纹里，挑动着眼角和眉尖。

　　她工作很负责任，从家里搬来破铺盖，就睡在保管股的西屋里，每天回家吃饭，和另一个女保管轮换着。

女保管

另一个女保管叫陈春玉，也有五十几岁了，长得高大胖壮，头发全黑，穿得也整齐，态度也严肃。事变前，她是地主的女管家，就是她常常把刘国花叫去给太太小姐们做活的。

现在，白天两个人坐在院里，做着借取收藏的工作，却老是闹不团结，顶嘴抬杠。陈春玉好坐在那张翻身石桌旁边，抽着烟，和管大账的侯先生说闲话，侯先生过去是这家地主的账房。他们好说过去这院里拾掇得多讲究，多阔气，哪个人什么脾气，过年过节吃什么东西，婚丧嫁娶有什么排场。刘国花正收拾院里扔着的烂棉花，用一个竹筛子筛着，拣棉花里的柴草棍，拣完了就顺手倒在屋里。她不爱听这个，她说：

"不叫他们排场大，还不斗他们哩！"

陈春玉说：

"我是说，你不要整天价这样乱摆列！弄得屋里不像屋里，院里不像院里！"

"这是公众的东西！棉花扔在院里，下雨糟蹋了不可惜了儿的？我拾掇起来，又有了不是？"刘国花顶着。

"穷性不改！你就是看见这些破补拆烂套子的！"陈春玉说，"什么也向屋里炕上乱堆乱放，脏得像你家里一样！"

"是！我家里穷，我家里脏！"刘国花说，"不穷不脏，我还参加不了贫农团，也当选不了女保管哩！"

"当选？新名词！对，拥护刘国花同志！"侯先生打趣地高举着大铜烟袋。

山地回忆

正说着，代表们来开会，陈春玉忙站起来让座，说：

"你们每天开会，这年头也没个好茶叶喝喝，东头老顺再上天津拉脚，叫他给咱贫农团捎点龙井香片什么的！"

"快别求他！"刘国花向着代表们说，"老顺净打着贫农团的旗号，做些坏勾当。正要扩兵，他却偷偷往外拉青壮年！不喝茶叶死不了人，叫他坏了贫农团的名誉可是了不得！"

"还是刘国花同志积极正确，"陈春玉说，"快去给代表们点火烧水吧！"

"你正干着什么，腾不下手来？却来支派我！"刘国花问，"我是你的下人，狗支使的奴才吗？"

代表们劝说着，她抖抖身上的尘土柴草说：

"你们说，我什么时候耍过懒，蹭过滑？烧水做饭，那要全出我自愿！别人要下眼看我，我就不干了！我们是一块翻的身，谁也没有早两天，谁也没有晚两天！"说罢，就笑着去抱柴火了。

这村的保管股因为东西多，事情也杂，就起了个伙食，虽说不吃好的，两顿小米干饭，杂面汤油水不小。谁来了，赶上吃饭，不饿也要喝一碗。刘国花不吃，赶不上回家吃饭，就坐在门口啃她带来的干粮，也不到厨房去。人们只好喝着杂面汤，冲着她喊模范，她也不理。等那些吃蹭饭的人放下碗筷擦嘴要走的时候，她才说：

"回去端个盆儿来吧，大伙里的粮食，吃着又不心疼！"

纠察队队长毕洞，要到张岗庙会上开饭铺，来借保管股的家具和碗

女保管

筷，叫刘国花洗涮。她说：

"我不侍候！你们做买卖，赚了钱叫贫农团分吗？要大家都沾光，我就听你使唤；要不，你再官儿大点吧，我也不怕！"

毕洞恼了，大声吓唬她，她说：

"看谁怕嗓门高，我要嚷到街上去！"

毕洞说：

"你别嚷了，赚了钱分给你一份，行不行？"

"我不入你们的股！"

那时工作组侯同志因为犯了错误，从这村调走，李同志从小区上接受了任务到村来执行平分。李同志很能干，也很严厉，对贫农团的果实，一点也不沾染。来时背着一条白粗布被子，穿一身黑粗布棉衣，对群众说："你们看着，我带来这点家当，走的时候，多了一针一线，就是贪污了你们的果实。"

他睡在保管股的南屋里，那原是合作社的一座油坊，平分开始才停了作。村里的工作正在"估价""包包袱"的紧张阶段，人心很不安定，那种情绪，农民们好拿淘鱼儿相比。他们说："把水全淘完了，光剩下鱼儿了！"比作在风里雨里，淘完了一坑泥水，堵住了大小漏洞，在天发亮的时候，看见了大大小小的鱼儿在脚下跳跃，是疲劳后的兴奋，收获前的喜悦。

其实，农村此时的情况，比淘鱼复杂得多，有多少眼睛，有多少不同的眼睛在望着这鱼儿啊！

山地回忆

划分阶级的文件公布了，比做过的要宽大得多，正确得多。在这个时候，斗错的中农要求退果实，还有些报复的情绪；没错的地主富农也要求重新讨论他们的成分，想钻空子，声气更恶劣；贫农担心要把果实全退回，空斗一场，更怕人报复；干部知道自己发生过偏向，情绪不高，宗派的倾轧，开始显著。谣言和挑拨，偷盗和破坏，消极和怪话在村庄里暗流涌动起来，保管股实际上成了村庄政治的焦点。

李同志兢兢业业地工作着，大有"澄清天下"的志向。每天召集会议，下午是新农会的委员会，晚上是新农会全体大会，这是一连串激动的热情的日子，繁乱沉重的日子，每天开完会回来，总是已经鸡叫的时候了。

给他开门的是刘国花，她坐在院里等他。这些日子，夜里她很少睡觉，总是坐在院里静听着，张望着，前后院巡逻着，露水打湿了头发和衣裳，她对李同志说：

"人家给我们扔根洋火，就毁了我们！我是穷人的看财奴！"

李同志很严厉很负责。从评价开始，他整天坐在衣裳包袱上，看着评价，贴条，打包，计件。这是很费时间和周折的工作，弄了快一个月，才有了头绪。地里的麦子黄梢了，委员们安不下心去，在搭配的时候，又下起雨来，院里不好工作，只好挤到屋里。

李同志鼓励着人们，他说我们要在麦收以前，把东西分下去，再过一个伏天，东西要受很大损失，万一遇见意外，我们就前功尽弃。

大家听着，积极工作着，进行得很快。小学生送来报纸，李同志念了几段，都是关于处理浮财的办法，有的是别处的经验，其中有那么一段，听起来，好像说是耽误生产很多的干部，在分果实的时候，应该照顾一点。

这时正赶上搭配新农会副主席曹二孚的包袱，陈春玉笑着说：

"按说二孚就该多分点！"

曹二孚说：

"俺不多分，做工作是应当的。不过俺娘老是叨叨，愿意分件送老的衣裳，我看这一件大袄正合她的身量，我就要了这一件，钱数上反正是一样的！"

他提着那件衣裳叫人们看了看，人们说："包上吧！"曹二孚扔过去，望了望李同志，李同志点了点头，包包袱的就给他包上了。

接着陈春玉扔出一件小孩的花袍，说：

"给我包上这一件！回头给了俺家小外甥！"

侯先生也从大堆上挑出一顶土耳其皮帽，放在身边，等搭配他的包袱时，也扔过去，包上了。

很快，屋里的工作情形就变了，每个人都记起了老婆孩子的嘱咐，挑选着合适的果实，包括衣服的颜色、身量、价钱。打算子的不断出错，计件数的数了又数，衣裳堆也乱了，踏在脚下，压在屁股底下，工作的速度大大减低。李同志皱了皱眉，就站了起来，一转眼看见刘国花站在门口。她刚从家里吃饭回来，头发和衣服上滴着水，把一只拖泥带水的大脚鞋在门槛上擦来擦去。

山地回忆

"你这个人，这么大雨也不打个伞，可就淋成个水淌鸡儿，保管股里那么多的伞！"陈春玉说，她正和侯先生争夺一件直贡呢袍子。

"我是个傻子！"刘国花说着转向李同志："我说老李呀！你这样信着他们的意，县里也快调你受训去了！"

说着就噔噔地回到西屋里去，好像天上并没下雨，地下并没泥水一样。李同志跟了过去，刘国花正从怀里掏出一把饭喂她的猫，她从家里带来一只猫，前两天又下了三个小花猫。她说：

"我从家里给它们带来一把饭，沾光了公众的东西，叫群众说长道短，跳在黄河里也洗不清！"

李同志已经明白一个"点头"，造成了怎样的过错，他回到南屋里，纠正了这场混乱！

一个疏忽，几乎坏了大事，等到包袱全部搭配好了，召集全体大会，宣布要分的时候，有个荣军举着拐杖说：

"不能分，要重新搭配！"

李同志说：

"不能再耽误了，万一我们要受了损失……"

"哪怕他损失完了哩，"有几个人跟着喊，"也不能叫少数干部多分！"

李同志耐心解释，好说歹说才把果实分下去了。以后还出了很多麻烦事情。

李同志做过的实际工作很少，他把这件事当作一个经验教训记在本子上：

女保管

"当你做领导群众的工作时，不要随便摇头或是点头，口气也不要含混不清。要深思熟虑，原则分明！要学习刘国花同志！"

一九五〇年一月初稿

五月改写稿

载《河北文学》1962年第2期

一九五六年的旅行

一九五六年的三月间,一天中午,我午睡起来晕倒了,跌在书橱的把手上,左面颊碰破了半寸多长,流血不止。报社同人送我到医院,缝了五针就回来了。

我身体素质不好,上中学时,就害过严重的失眠症,面黄肌瘦,同学们为我担心。后来在山里,因为长期吃不饱饭,又犯了一次,中午一个人常常跑到村外大树下去静静地躺着。

但我对于这种病,一点知识也没有,也没有认真医治过。

这次跌了跤,同志们都劝我外出旅行。那时进城不久,我还不像现在这样害怕出门,又好一人孤行,请报社和文联给我打算去的地方,开了介绍信,五月初就动身了。

对于旅行,虽说我还有些余勇可贾,但究竟不似当年了。去年秋天,

一九五六年的旅行

北京来信,要我为一家报纸,写一篇介绍中国农村妇女的文章。我坐公共汽车到了北郊区。采访完毕,下了大雨,汽车不通了。我一打听,那里距离市区,不过三十里,背上书包就走了。过去,每天走上八九十里,对我是平常的事。谁知走了不到二十里,腿就不好使起来,像要跳舞。我以为是饿了,坐在路旁,吃了两口郊区老乡送给我的新玉米面饼子,还是不顶事。勉强走到市区,雇了一辆三轮,才回到了家。

这次旅行,当然不是徒步,而是坐火车,舒服多了,这应该说是革命所赐,生活条件,大为改善了。

济　　南

第一个目标是济南。说也奇怪,从二十岁左右起,我对济南这个地方,就非常向往。在中学的国文课堂上,老师讲了一段《老残游记》,随后又说他幼小时跟着父亲在济南度过,那里的风景确实很好。还有一种好吃的东西,叫作小豆腐。这一段话,竟在我心里生了根。后来在北平当小学职员,不愿意干了,就对校长说:我要到济南去了,辞了职。当然没有去成。

在济南下车时,也就是下午一两点钟。雇了一辆三轮,投奔山东文联。那时王希坚同志在文联负责,我们是在北京认识的。

济南街上,还是旧日省城的样子,古老的砖瓦房,古老的石铺街道。文联附近,是游览区,更热闹一些,有不少小商小贩,摆摊叫卖。文联大院，就是名胜所在，有泉水，种植着荷花，每天清晨，人们就在清流旁盥洗。

王希坚同志给了我一间清静的房。他知道我的脾气，说："吃饭，愿意在食堂吃也可，愿意出去吃小馆，也方便。"

因为距离很近，当天我就观看了珍珠泉、趵突泉、黑虎泉。那时水系没遭到破坏，趵突泉的水，还能涌起三尺来高。

第二天，文联的同志，陪我去游了大明湖和千佛山，乘坐了彩船，观赏了文物。那时游人很少，在千佛山，我们几乎没遇到什么游人，像游荒山野寺一样。我最喜欢这样的游览，如果像赶庙会一样，摩肩接踵，就没有意思了。

我也到附近小馆去吃过饭，但没有吃到老师说的那种小豆腐。

另外，没有找到古旧书店，也是一大遗憾。我知道，济南的古书不少，而且比北京、天津，便宜得多。

南　京

第二站是南京。到南京已经是下午五六点钟了。我先赶到江苏省文联。那时的文联，多与文化局合署办公，文联与文化局电话联系，说来了一位客人，想找个住处。文化局好像推托了一阵子，最后说是可以去住什么酒家。

对于这种遭遇，我并不以为怪。我在南京没有熟人，还算是顺利地解

一九五六年的旅行

决了食住问题。应该感谢那时同志们之间的正常的热情的关照。如果是目前，即使有熟人，恐怕也还要费劲一些。

此次旅行，我也先有一些精神准备。书上说：在家不知好宾客，出门方觉少知音，正好是对我下的评语。

在酒家住了一夜。第二天吃过早饭，我先去逛了明孝陵，陵很高很陡，在上面看到了朱元璋的一幅画像，躯体很高大，前额特别突出，像扣上一个小瓢似的。脸上有一连串黑痣。这种异相，史书上好像也描写过。

从孝陵下来，我去游览了中山陵，顺便又游了附近一处名胜灵谷寺。一路梧桐林荫路，枝叶交接如连理，真使人叫绝。

下午游了雨花台、玄武湖、鸡鸣寺、夫子庙。没有游莫愁湖，没有看到秦淮河。这样奔袭突击式的游山玩水，已经使我非常疲乏。为了休息一下，就去逛了逛南京古旧书店。书店内外，都很安静，好书也多，排列得很规则。惜天色已晚，未及细看，就回旅舍了。此后，我通过函购，从这里买了不少旧书，其中并有珍本。

第三天清晨，我离开南京去上海。

现在想来，像我这样的旅行，可以说是消耗战，还谈得上是怡情养病？到了一处，也只是走马观花，连凭吊一下的心情也没有。别处犹可，像南京这个地方，且不说这是龙盘虎踞的形胜之地，就是六朝烟粉，王谢风流，潮打空城，天国悲剧，种种动人的历史传说，就没有引起我的丝毫感慨吗？

确实没有。我太累了。我觉得，有些事，读读历史就可以了，不必想得太多。例如关于朱元璋,现在有些人正在探讨他的杀戮功臣,是为公还是为私?各有道理,都有论据。但可信只有一面,又不能起朱元璋而问之,只有相信正史。至于文人墨客,酒足饭饱,对历史事件的各种感慨,那是另一码事。我此次出游,其表现有些像凡夫俗子的所到一处,刻名留念。中心思想,也不过是为了安慰一下自己:我一生一世,毕竟到过这些有名的地方了。

上　　海

很快就到了上海,作家协会介绍我住在国际饭店十楼。这是最繁华的地区,对我实在不利。即使平安无事,也能加重神经衰弱。尤其是一上一下的电梯,灵活得像孩子们手中的玩具,我还没有定下心来,十楼已经到了。

第二天上午,一个人去逛书店,雇了一辆三轮,其实一转弯就到了。还好,正赶上古籍书店开张,琳琅满目,随即买了几种旧书,其中有仰慕已久的戚蓼生序小字本《红楼梦》。

想很快离开上海,第二天就到了杭州。

杭　　州

中午到了杭州,浙江省文联,也没有熟人。在那里吃了一碗面条,自

一九五六年的旅行

己就到湖边去了。天气很好，又是春季，湖边的游人还算是多的。面对湖光山色，第一个感觉是：这就是西湖。因为旅途劳顿，接连几夜睡不好觉，我忽然觉得精神不能支持，脚下也没有准头，随便转了转，买了些甜食吃，就回来了。

第二天，文联通知我，到灵隐寺去住。在那里，他们新买到一处资本家的别墅，作为创作之家，还没有人去住过，我来了正好去试试。用三轮车带上一些用具，把我送了过去。

这是一幢不小的楼房，只楼下就有不少房间。楼房四周空旷无人，而飞来峰离它不过一箭之地。寺里僧人很少，住的地方离这里也很远。天黑了，我一度量形势，忽然恐怖起来。这样大的一个灵隐寺，周围是百里湖山，寺内是密林荒野，不用说别的，就是进来一条狼，我也受不了。我得先把门窗关好，而门窗又是那么多。关好了门窗，我躺在临时搭好的简易木板床上，头顶有一盏光亮微弱的灯，翻看新买的一本杭州旅行指南。

我想，什么事说是说，做是做。有时说起来很有兴味的事，实际一做，就会适得其反。比如说，我最怕嘈杂，喜欢安静，现在置身山林，且系名刹，全无干扰，万籁无声，就觉得舒服了吗？没有，没有。青年时，我也想过出世，当和尚。现在想，即使有人封我为这里的住持，我也坚决不干。我现在需要的是一个伴侣。

一夜也没有睡好，第二天清晨起来，在溪流中洗了洗脸，提上从文联带来的热水瓶，到门口饭店去吃饭。吃完饭，又到茶馆打一瓶开水提

山地回忆

回来。

据说，西湖是全国风景之首，而灵隐又是西湖名胜之冠。真是名不虚传。自然风景，且不去说，单是寺内的庙宇建筑，宏美丰丽，我在北方，是没有见过的。殿内的楹联牌匾，佳作尤多。

在这里住了三天，西湖的有名处所，也都去过了，在小市自己买了一只象牙烟嘴，在岳坟给孩子们买了两对竹节制的小水桶。我就离开了杭州，又取道上海，回到天津。

此行，往返不到半月，对我的身体非常不利，不久就大病了。

跋

余之晚年，蛰居都市，厌见扰攘，畏闻恶声，足不出户，自喻为画地为牢。然当青壮之年，亦曾于燕南塞北，太行两侧，有所涉足。亦时见山河壮观，阡陌佳丽。然身在队列，或遇战斗，或值风雨，或感饥寒，无心观赏，无暇记述。但印象甚深至老不忘。

古人云，欲学子长之文，先学子长之游，此理固有在焉。然柳柳州《永州八记》，所记并非罕遇之奇景异观也，所作文字乃为罕见独特之作品耳。范仲淹作《岳阳楼记》，本人实未至洞庭湖，想当然之，以抒发抱负。苏东坡《前赤壁赋》，所见并非周郎破曹之地，后人不以为失实。所述思绪，实通于古今上下也。

以此观之，游记之作，固不在其游，而在其思。有所思，文章能为山

一九五六年的旅行

河增色;无所思,山河不能救助文字。作者之修养抱负,于山河于文字,皆为第一义,既重且要。余之作,不堪言此矣。

一九八三年八月十七日追记

秋　千

张岗镇是小区的中心村，分四大头。工作组一共四个人，一人分占一头，李同志还兼着冬学的教员。他在西头工作，在西头吃派饭，除去地主富农家，差不多是挨门挨户一家三天。不上一个月，这一头的大人孩子就全和他熟了。

这几天，冬学里讨论划阶级定成分，人们到得很多。西头有一帮女孩子，尤其是学习的模范。她们小的十四五，大的十七八，都是贫农和中农的女儿。她们在新社会里长大，对旧社会的罪恶知道得很少。她们从小就结成一个集团，一块纺线，一块织布；每逢集日，一块抱着线子上市，在人群里，她们的线显得特别匀细。要买你就全买，要不就一份也不卖，结果弄得收线的客人总得给她们个高价儿。卖了线，买一色的红布做棉裤，买一个花样的布做袄，好像穿制服一样。

秋　千

　　吃过晚饭，就凑齐了上学去，在街上横排着走。在黑影里，一听是她们过来了，人们就得往边上闪闪。只许你踏在泥里，她们是要走干道的，晚上也都穿着新鞋。

　　冬学设在小学校的大讲堂里，她们总是先到，等着别人。

　　这天，李同志拖着一双大草鞋，来到学校里，灯已经点着了。

　　女孩子们挤在前边一条长凳上，使得那条板凳不得安闲。一会儿翘起这头，一会儿翘起那头，她们却咻咻地笑。

　　李同志笑着问：

　　"今天谁点的灯啊？"

　　"是大绢！——大绢是模范。"她们喊着。

　　"咱们的冬学越来越热闹！"李同志说。

　　"这是——因为你讲话讲得妙！"那个叫大绢的女孩子回答，简直像是唱歌儿。

　　"我看是这个问题很重要！"李同志说。

　　"大家都想知道知道——自己是什么成分。"大绢笑了半截，强忍耐住了。

　　说着屋里已经挤满了人，女的也不少。男人把板凳让出来，有的就坐到窗台上去。

　　"人到得差不多了，开讲吧！"

　　李同志站到大碗油灯前面。他讲什么叫地主富农，什么叫剥削。他讲到那些要紧的关节，叫大家记住，叫大家举本村的例子，叫大家讨论和争

山地回忆

辩。那时我们的政策,有些部分还不如后来那么十分明确,比如确定成分的年月是"事变前三年到六年"。

先讨论村里明显的户,谁家是地主,谁家是富农。最后李同志叫人们再想一想,他严肃地说:

"根据我们讲的,大家看看还有遗漏的没有?"

人们沉静了一会儿。有几声咳嗽,有几声孩子哭,有几个人出去走动了走动。忽然有一个人报告:

"我不怕得罪人,我说一户:西头大绢家,剥削就不轻,叫我看就是富农。大家可以争取争取(就是讨论讨论)!"

李同志静静地听着。说话的人站在人群的后面,看不见他的脸,李同志听出是东头扎花炮的刘二壮,他的嗓门很高。人们都望着大绢。李同志觉得在他的面前,好像有两盏灯唰地熄灭了,好像在天空流走了两颗星星。他注意了一下,坐在他前面长凳上的大绢低下了头,连头发根都涨红了。

同大绢坐在一条凳子上的女孩子们,也都低下了头。停了一会儿,那个叫喜格儿的扭动一下身子,回过头去红着脸说:

"你报告报告她家的情况!"

"当然我得有根据,"刘二壮说,"咱们谁也别袒护!"

"什么袒护呵?你说这话就不正确,李同志不是说叫讨论吗?咱们这是学习哩!"女孩子们全体转过身去对抗着。

"你看你们那方式方法!"刘二壮说,"好,我就报告报告她家的情

秋　千

况：她爷爷叫老灿，当过顺兴隆缸瓦店的大掌柜；家里种到过五十亩地，喂过两个大骡子，盖了一所好宅子，这谁不知道？"

"有没有剥削？"李同志问。

"怎么没有？他当着掌柜，家里又没有别人，问问他那五十亩地谁给他种的？那剥削准有百分之二十五！"

"什么时间？"李同志又问。

"不多几年儿！反正出不了三年六年那一段。"刘二壮说。

"同志！我说一说行不行？"大绢站起来，转脸望着后面，忍着眼泪。李同志点一点头。她说：

"乡亲们！谁也知道日本人把俺家烧了个一干二净。从我记事起，我们过的是多么寒苦的日子！我从小就两只手没有闲着过，十三上织布，十岁就纺线卖；地里的活，我敢说不让一个男孩子。你们横竖都见来着，现在刘二壮说我们剥削过人，我哪见过大骡子大车呀？"

人们都望着她。她才十五岁，起初人们心里想，这么大的一个孩子，能当着这些个人说这么几句，像干爆豆似的，可真算不错了。刘二壮也很平和地说：

"反正我说的句句是实，要不叫她那一头的人们说说！"

可是，西头的几个老年人不说话，那几个女孩子也真闹不清这老辈里的事，有钢也使不到刃上。大绢坐在板凳上哭了，她站起来，往外就走，一边走一边哭着说：

"我去叫我爷爷去，看他剥削过人没有？"

山地回忆

"他能来吗？你叫他干什么！"人们拦不住，她走了，到院里就放声哭了。

"这孩子从小可没享受过，"一个壮年妇女对李同志说，"从小爹娘全死了，他爷爷报了估又得了半身不遂，事变那年日本人烧得她家只剩了几间房筒子，家里地里，就仗她一个人！"

"你们上了岁数的人说说，她爷爷到底是怎样一个人？"李同志又问西头那几个老头儿。

"我说说吧！"麻子老点抽完了一锅烟，把烟袋杆里的烟和油子用大劲吹了出来，说，"她爷爷是这样一个人：从小是个穷底，可是个光棍儿，不好生过日子，整天在街上混混儿。后来碰上了一个硬茬儿，栽了一个跟头，就回心转意了。浪子回头，千金不换，他在张岗街上开了一个小杂货店，起先就卖些针头线脑，火绒洋取灯，烧纸寒衣纸，碱面香油醋……每天打个早起，在大道上去跑一趟，拾回满满一筐粪。不上几年，小买卖越来越红火，人们看着他有本事，就有的拿出股本，叫他领东，开了一座缸瓦瓷器店，这就是顺兴隆。用了几个伙计，很是赚钱，三年一账，三年一账，他要了几十亩地……"

"这时就雇了长工？"李同志问。

麻子老点说：

"他没有雇长工。柜上有一辆大车，也用着把式，秋麦两季，铺子里的伙计们帮他收割打场。"

"双层剥削！"刘二壮在后面放低声音说，可是人们还全能听得见。

秋　千

"他又盖了一所住宅，"麻子老点接着说，"这算到了顶儿。就在那一年，和天津的洋人做买卖，一下受了骗，铺子关门，家里报了估。日本人来了，又给他点上一把火，烧了个片瓦无归……"

"在哪一年报的估？"李同志问。

"不多几年儿！"麻子老点说，"反正也在三年六年那一段里！"

那天晚上，大绢并没有把她爷爷叫来。时间晚了，冬学就散了。

以后，大绢没有上学来，虽说并没人限制她。和她一伙的女孩子们这几天到得也不齐，有几个早来，有几个迟到。坐在板凳上也不那样哄笑打闹了。

李同志到西头吃派饭，这天轮到喜格儿家里，喜格儿又给他炒了鸡蛋。李同志一边吃一边进行教育，说是一家人，不该给他做好的吃。喜格儿只是笑着听着，也不反对。喜格儿的娘说："你说得有理，我们做得也不歪，好东西不叫一家人吃，难道叫外人吃？"说笑中间，有人在外间叫了一声，喜格儿放下碗筷就出去了，随手拉进一个女孩子来，是大绢。

一眼看来，大绢好像比平时矮了一头，满脸要哭的样子。喜格儿说：

"你和老李说说么！光哭顶事？"

说话一掀门帘又进来了一群，都是她们那一帮，有的靠着隔扇门，有的立在炕沿边，有的背着迎门橱，散布开了，好像助阵似的。

大绢说：

"李同志，你再到我们家里去看看，我们是地主富农吗？我能和人家那孩子们比吗？"

山地回忆

喜格儿说：

"我们从小在一块拾柴挑菜。从前是地主富农的闺女瞧不起我们，不跟我们在一块，眼下是我们不跟她们在一块。为什么平白无故把大绢打进仇人的伙里？"

"你们想不通！"李同志说。

"想不通，她一点也不像。"喜格儿说。

"李同志你再考察考察！"

"老李，你再到她家去看看，看看像个富农不？"

她们是在苦苦求情了。李同志说：

"这是学习，你们不同意，就在学校里提意见呀！"

"提意见，我们是得提意见。我们觉得不能追那么远，不是不许追三代了吗？"一个女孩子说。

李同志说：

"人家没有追三代。她家有剥削，时间又在三年六年那一段里，这是个成分问题。家里没什么了，自然也就不再斗争你的东西。"

"我没剥削过人，怎么能担这个名儿呀？"大绢又哭了。

李同志放下饭碗说：

"我们是要消灭人剥削人的制度。这个制度存在几千年了，你们想想有多少人在这个制度下面含冤死去，有多少人叫这个制度碾个粉碎？你们都听过老年人诉苦了，该明白剥削是多大的罪恶！多少年来，人们怀抱一个理想，就是要消灭这个制度，好叫人们像春苗一样，不受旱涝，不受践

秋　千

踏，自由地生活生长生存。有很多人为这个理想牺牲一切，献出了自己的生命。你们村里就有过两位坐狱被杀的共产党员。这不是随随便便的事，也不是求情的事。自然，我们也要慎重，不能把自己的人当成敌人！"

女孩子们说：

"李同志，你说得对，她要真是地主富农，就是亲生姐妹，我们绝不袒护她！我们觉着她不是，她是我们一群里的！"

正月里，工作组学习了一九三三年两个文件，读了任弼时同志的报告，李同志又拿到冬学里去讲解，重新讨论了几家的成分。这一帮女孩子就提出来：大绢家有过剥削，是老年间的事了，也没有连续三年，按新精神定成分，她还是农民。

大绢也来上学了。她瘦了些，可是比以前更积极更高兴了，就是：火色更纯净，钢性也更坚韧了。她说：她爷爷剥削过人是他的罪过，经过这回事情，她要记着：一辈子也不要剥削别人一点点。

正月里，只有剥削过人的家庭，不得欢乐。喜格儿她们在村西头搭了一个很高的秋千架。每天黄昏，她们放下纺车就跑到这里来，争先跳上去，弓着腰用力一蹴，几下就能和大横梁取个平齐。在天空的红云彩下面，两条红裤子翻上飞下，秋千吱呀作响，她们嬉笑着送走晚饭前这一段时光。

秋千在大道的边沿，来往的车辆很多，拉白菜的，送公粮的。戴着毡帽、穿着大羊皮袄的把式们，怀里抱着大鞭，一出街口，眼睛就盯在秋千上面。其中有一辆，在拐角的地方，碰在碌碡上翻了，白菜滚到沟里去，引得女孩子们大笑起来。赶车的人说：

"别笑了，快过来帮忙搬搬吧，喀！光顾看你们打秋千了。你们打那么高，眼看就从大梁上翻过来了！"

天黑下来，她们才回家去吃饭，吃过饭又找到一块上冬学去了。

一九五〇年一月
载《人民文学》第1卷第5期

乡里旧闻（一）

梦中每迷还乡路，
愈知晚途念桑梓。

——书衣文录

度 春 荒

我的家乡，邻近一条大河，树木很少，经常旱涝不收。在我幼年时，每年春季，粮食很缺，普通人家都要吃野菜树叶。春天，最早出土的，是一种名叫老鸹锦的野菜，孩子们带着一把小刀，提着小篮，成群结队到野外去，寻觅剜取像铜钱大小的这种野菜的幼苗。

这种野菜，回家用开水一泼，掺上糠面蒸食，很有韧性。

与此同时出土的是苣苣菜，就是那种有很白嫩的根，带一点苦味的野

山地回忆

菜。但是这种菜,不能当粮食吃。

以后,田野里的生机多了,野菜的品种,也就多了。有黄须菜,有扫帚苗,都可以吃。春天的麦苗,也可以救急,这要到人家地里去偷来。

到树叶发芽,孩子们就脱光了鞋,在手心吐些唾沫,上到树上去。榆叶和榆钱,是最好的菜。柳芽也很好。在大荒之年,我吃过杨花。就是大叶杨春天抽出的那种穗子一样的花。这种东西,是不得已而吃之,并且很费事,要用水浸好几遍,再上锅蒸,味道是很难闻的。

在春天,田野里跑着无数的孩子,是为饥饿驱使,也为新的生机驱使,他们漫天遍野地跑着,寻视着,欢笑并打闹,追赶和竞争。

春风吹来,大地苏醒,河水解冻,万物孳生,土地是松软的,把孩子们的脚埋进去,他们仍然欢乐地跑着,并不感到跋涉。

清晨,还有露水,还有霜雪,小手冻得通红,但不久,太阳出来,就感到很暖和,男孩子们都脱去了上衣。

为衣食奔波,而不大感到愁苦的,只有童年。

我的童年,虽然也常有兵荒马乱,究竟还没有遇见大灾荒,像我后来从历史书上知道的那样。这一带地方,在历史上,特别是新旧五代史上记载,人民的遭遇是异常悲惨的。因为战争,因为异族的侵略,因为灾荒,一连很多年,在书本上写着:人相食;析骨而焚;易子而食。

战争是大灾荒、大瘟疫的根源。饥饿可以使人疯狂,可以使人死亡,可以使人恢复兽性。曾国藩的日记里,有一页记的是太平天国战争时,安徽一带的人肉价目表。我们的民族,经历了比噩梦还可怕的年月!

乡里旧闻（一）

日本帝国主义的侵略，以战养战，三光政策，是很野蛮很残酷的。但是因为共产党吸取历史经验，重视农业生产，村里虽然有那么多青年人出去抗日，每年粮食的收成，还是能得到保证。党在这一时期，在农村实行合理负担的政策。地主富农，占有大部分土地，虽然对这种政策，心里有些不满，他们还是积极经营的。抗日期间，我曾住在一家地主家里，他家的大儿子对我说："你们在前方努力抗日，我们在后方努力碾米。"

在八年抗日战争中，我们成功地避免了"大兵之后，必有凶年"的可怕遭遇，保证了抗日战争的胜利。

一九七九年十二月

凤 池 叔

凤池叔就住我家的前邻。在我幼年时，他盖了三间新的砖房。他有一个叔父，名叫老亭。在本地有名的联庄会和英法联军交战时，他伤了一只眼，从前线退了下来，小队英国兵追了下来，使全村遭了一场浩劫，有一名没有来得及逃走的妇女，被鬼子轮奸致死。这位妇女，死后留下了不太好的名声，村中的妇女们说：她本来可以跑出去，可是她想发洋人的财，结果送了命。其实，并不一定是如此的。

老亭受了伤，也没有留下什么英雄的称号，只是从此名字上加了一个字，人们都叫他瞎老亭。

山地回忆

瞎老亭有一处宅院,和凤池叔紧挨着,还有三间土坯北房。他为人很是孤独,从来也不和人们来往。我们住得这样近,我也不记得在幼年时,到他院里玩耍过,更不用说到他的屋子里去了。我对他那三间住房,没有丝毫的印象。

但是,每逢从他那低矮颓破的土院墙旁边走过时,总能看到,他那不小的院子里,原是很吸引儿童们的注意的。他的院里,有几棵红枣树,种着几畦瓜菜,有几只鸡跑着,其中那只大红公鸡,特别雄壮而美丽,不住声趾高气扬地啼叫。

瞎老亭总是一个人坐在他的北屋门口。他呆呆地直直地坐着,坏了的一只眼睛紧紧闭着,面容愁惨,好像总在回忆着什么不愉快的事。这种形态,儿童们一见,总是有点害怕的,不敢去接近他。

我特别记得,他的身旁,有一盆夹竹桃,据说这是他最爱惜的东西。这是稀有植物,整个村庄,就他这院里有一棵,也正因为有这一棵,使我很早就认识了这种花树。

村里的人,也很少有人到他那里去。只有他前邻的一个寡妇,常到他那里,并且半公开的,在夜间和他做伴。

这位老年寡妇,毫不隐讳地对妇女们说:

"神仙还救苦救难哩,我就是这样,才和他好的。"

瞎老亭死了以后,凤池叔以亲侄子的资格,继承了他的财产。拆了那三间土坯北房,又添上些钱,在自己的房基上,盖了三间新的砖房。那时,他的母亲还活着。

乡里旧闻（一）

凤池叔是独生子，他的父亲是怎样一个人，我完全不记得，可能死得很早。凤池叔长得身材高大，仪表非凡，他总是穿着整整齐齐的长袍，步履庄严地走着。我时常想，如果他的运气好，在军队上混事，一定可以带一旅人或一师人。如果是个演员，扮相一定不亚于武生泰斗杨小楼那样威武。

可是他的命运不济。他一直在外村当长工。行行出状元，他是远近知名的长工：不只力气大，农活精，赶车尤其拿手。他赶几套的骡马，总是有条不紊，他从来也不像那些粗劣的驭手，随便鸣鞭、吆喝，以致虐待折磨牲畜。他总是若无其事地把鞭子抱在袖筒里，慢条斯理地抽着烟，不动声色，就完成了驾驭的任务。这一点，是很得地主们的赏识的。

但是，他在哪一家也待不长久，最多二年。这并不是说他犯有那种毛病：一年勤，二年懒，三年就把当家的管。主要是他太傲慢，从不低声下气。另外，车马不讲究他不干，哪一个牲口不出色，不依他换掉，他也不干。另外，活当然干得出色，但也只是大秋大麦之时，其余时间，他好参与赌博，结交妇女。

因此，他常常失业家居。有一年冬天，他在家里闲着，年景又不好，村里的人都知道他没有吃的了，有些本院的长辈，出于怜悯，问他：

"凤池，你吃过饭了吗？"

"吃了！"他大声地回答。

"吃的什么？"

"吃的饺子！"

他从来也不向别人乞求一口饭，并绝对不露出挨饥受饿的样子，也从不偷盗，穿着也从不减退。

到过他的房间的人，知道他是家徒四壁，什么东西也卖光了的。

不知从哪里来了一个女的，藏在他的屋里，最初谁也不知道。一天夜间，这个妇女的本夫带领一些乡人，找到这里，破门而入。凤池叔从炕上跃起，用顶门大棍，把那个本夫，打了个头破血流，一群人慑于威势，大败而归，沿途留下不少血迹。那个妇女也待不住，从此不知下落。

凤池叔不久就卖掉了他那三间北房。土改时，贫民团又把这房分给了他。在他死以前，他又把它卖掉了，才为自己出了一个体面的、虽属光棍但谁都乐于帮忙的殡，了此一生。

一九七九年十二月

干 巴

在这个小小的村庄里，干巴要算是最穷最苦的人了。他的老婆，前几年，因为产后没吃的死去了，留下了一个小孩。最初，人们都说是个女孩，并说她命硬，一下生就把母亲克死了。过了两三年，干巴对人们说，他的孩子不是女孩，是个男孩，并给他起了个名字，叫小变儿。

干巴好不容易按照男孩子把他养大，这孩子也渐渐能帮助父亲做些事情了。他长得矮弱瘦小，可也能背上一个小筐，到野地里去拾些柴火和庄

乡里旧闻（一）

稼了。其实，他应该和女孩子们一块去玩耍、工作。他在各方面，都更像一个女孩子。但是，干巴一定叫他到男孩子群里去。男孩子是很淘气的，他们常常跟小变儿起哄，欺侮他：

"来，小变儿，叫我们看看，又变了没有？"

有时就把这孩子逗哭了。这样，他的性情、脾气，在很小的时候，就发生了变态：孤僻、易怒。他总是一个人去玩，到其他孩子不乐意去的地方拾柴、捡庄稼。

这个村庄，每年夏天，好发大水，水撤了，村边一些沟里、坑里，水还满满的。每天中午，孩子们好聚到那里凫水，那是非常高兴和热闹的场面。

每逢小变儿走近那些沟坑，在其中游泳的孩子们，就喊：

"小变儿，脱了裤子下水吧！来，你不敢脱裤子！"

小变儿就默默地离开了那里。但天气实在热，他也实在愿意到水里去洗洗玩玩。有一天，人们都回家吃午饭了，他走到很少有人去的村东窑坑那里，看看四处没有人，脱了衣服跳进去。这个坑的水很深，一下就没了顶，他喊叫了两声，没有人听见，这个孩子就淹死了。

这样，干巴就剩下孤身一人，没有了儿子。

他现在什么也没有了，他没有田地，也可以说没有房屋，他那间小屋，是很难叫作房屋的。他怎样生活？他有什么职业呢？

冬天，他就卖豆腐，在农村，这几乎可以不要什么本钱。秋天，他到地里拾些黑豆、黄豆，即使他在地头地脑偷一些，人们都知道他寒苦，也

山地回忆

都睁一个眼，闭一个眼，不忍去说他。

他把这些豆子，做成豆腐，每天早晨挑到街上，敲着梆子，顾客都是拿豆子来换，很快就卖光了。自己吃些豆腐渣，这个冬天，也就过去了。

在村里，他还从事一种副业，也可以说是业余的工作。那时代，农村的小孩子，死亡率很高。有的人家，连生五六个，一个也养不活。不用说那些大病症，比如说天花、麻疹、伤寒，可以死人；就是这些病症，比如抽风、盲肠炎、痢疾、百日咳，小孩子得上了，也难逃个活命。

母亲们看着孩子死去了，掉下两点眼泪，就去找干巴，叫他帮忙把孩子埋了去。干巴赶紧放下活计，背上铁铲，来到这家，用一片破炕席或一个破席锅盖，把孩子裹好，夹在腋下，安慰母亲一句：

"他婶子，不要难过。我把他埋得深深的，你放心吧！"

就走到村外去了。

其实，在那些年月，母亲们对死去一个不成年的孩子，也不很伤心，视若平常。因为她们在生活上遇到的苦难太多，孩子们累得她们也够受了。

事情完毕，她们就给干巴送些粮食或破烂衣服去，酬谢他的帮忙。

这种工作，一直到干巴离开人间，成了他的专利。

一九七九年十二月

乡里旧闻（二）

外祖母家

外祖母家是彪冢村，在滹沱河北岸，离我们家有十四五里路。当我初上小学，夜晚温书时，母亲给我讲过这样一个故事：母亲姐妹四人，还有两个弟弟，母亲是最大的。外祖父和外祖母，只种着三亩当来的地，一家八口人，全仗着织卖土布生活。外祖母、母亲、二姨，能上机子的，轮流上机子织布。三姨、四姨，能帮着经、纺的，就帮着经、纺。人歇马不歇，那张停放在外屋的木机子，昼夜不闲着，这个人下来吃饭，那个人就上去织。外祖父除种地外，每个集日（郎仁镇）背上布去卖，然后换回线子或是棉花，赚的钱就买粮食。

母亲说，她是老大，她常在夜间织，机子上挂一盏小油灯，每每织到

山地回忆

鸡叫。她家东邻有个念书的，准备考秀才，每天夜里，大声念书，声闻四邻。母亲说，也不知道他念的是什么书，只听着隔几句，就"也"一声，拉的尾巴很长，也是一念就念到鸡叫。可是这个人念了多少年，也没有考中。正像外祖父一家，织了多少年布，还是穷一样。

母亲给我讲这个故事，当时我虽然不明白，其目的是什么，但给我留下很深的印象，一生也没有忘记。是鼓励我用功吗？好像也没有再往下说；是回忆她出嫁前的艰难辛苦的生活经历吧。

这架老织布机，我幼年还见过，烟熏火燎，通身变成黑色的了。

外祖父的去世，我不记得。外祖母去世的时候，我记得大舅父已经下了关东。二舅父十几岁上就和我叔父赶车拉脚。后来遇上一年水灾，叔父又对父亲说了一些闲话，我父亲把牲口卖了，二舅父回到家里，没法生活。他原在村里和一个妇女相好，女的见从他手里拿不到零用钱，就又和别人好去了。二舅父想不开，正当年轻，竟悬梁自尽。

大舅父在关东混了二十多年，快五十岁才回到家来。他还算是本分的，省吃俭用，带回一点钱，买了几亩地，娶了一个后婚，生了一个儿子。

大舅父在关外学会打猎，回到老家，他打了一条鸟枪，春冬两闲，好到野地里打兔子。他枪法很准，有时串游到我们村庄附近，常常从他那用破布口袋缝成的挂包里，掏出一只兔子，交给姐姐。母亲赶紧给他去做些吃食，他就又走了。

他后来得了抽风病。有一天出外打猎，病发了，倒在大道上，路过的人，偷走了他的枪支。他醒过来，又急又气，从此竟一病不起。

乡里旧闻（二）

我记得二姨母最会讲故事，有一年她住在我家，母亲去看外祖母，夜里我哭闹，她给我讲故事，一直讲到母亲回来。她的丈夫，也下了关东，十几年后，才叫她带着表兄找上去。后来一家人，在那里落了户。现在已经是人口繁衍了。

一九八二年五月三十日

瞎　　周

我幼小的时候，我家住在这个村庄的北头。门前一条南北大车道，从我家北墙角转个弯，再往前去就是野外了。斜对门的一家，就是瞎周家。

那时，瞎周的父亲还活着，我们叫他和尚爷。虽叫和尚，他的头上却留着一个"毛刷"，这是表示，虽说剪去了发辫，但对前清，还是不能忘怀的。他每天拿一个小板凳，坐在门口，默默地抽着烟，显得很寂寞。

他家的房舍，还算整齐，有三间砖北房，两间砖东房，一间砖过道，黑漆大门。西边是用土墙围起来的一块菜园，地方很不小。园子旁边，树木很多。其中有一棵臭椿树，这种树木虽说并不名贵，但对孩子们吸引力很大。每年春天，它先挂牌子，摘下来像花朵一样，树身上还长一种黑白斑点的小甲虫，名叫"椿象"，捉到手里，很好玩。

听母亲讲，和尚爷原有两个儿子，长子早年去世了。次子就是瞎周。他原先并不瞎，娶了媳妇以后，因为婆媳不和，和他父亲分了家，一气之

山地回忆

下,走了关东。临行之前,在庭院中,大喊声言:

"那里到处是金子,我去发财回来,天天吃一个肉丸的、顺嘴流油的饺子,叫你们看看。"

谁知出师不利,到关东不上半年,学打猎,叫火枪伤了右眼,结果两只眼睛都瞎了。同乡们凑了些路费,又找了一个人把他送回来。这样来回一折腾,不只没有发了财,还欠了不少债,把仅有的三亩地,卖出去二亩。村里人都当作笑话来说,并且添油加醋,说哪里是打猎,打猎还会伤了自己的眼?是当了红胡子,叫人家对面打瞎的。这是他在家不行孝的报应,是生分畜类孩子们的样子!

为了生活,他每天坐在只铺着一张席子的炕上,在裸露的大腿膝盖上,搓麻绳。这种麻绳很短很细,是穿铜钱用的,就叫钱串儿。每到集日,瞎周拄上一根棍子,拿了搓好的麻绳,到集市上去卖了,再买回原麻和粮食。

他不像原先那样活泼了。他的两条眉毛,紧紧锁在一起,脑门上有一条直直立起的粗筋暴露着。他的嘴唇,有时咧开,有时紧紧闭着。有时脸上的表情像是在笑,更多的时候像是要哭。

他很少和人谈话,别人遇到他,也很少和他打招呼。

他的老婆,每天守着他,在炕的另一头纺线。他们生了一个男孩。岁数和我相仿。

我小时到他们屋里去过,那屋子里因为不常撩门帘,总有那么一种近于狐臭的难闻的味道。有个大些的孩子告诉我,说是如果在歇晌的时候,

乡里旧闻（二）

到他家窗前去偷听，可以听到他两口子"办事"。但谁也不敢去偷听，怕遇到和尚爷。

瞎周的女人，给我留下的印象，有些像鲁迅小说里所写的豆腐西施。她在那里站着和人说话，总是不安定，前走两步，又后退两步。所说的话，就是小孩子也听得出来，没有丝毫的诚意。她对人没有同情，只会幸灾乐祸。

和尚爷去世以前，瞎周忽然紧张了起来，他为这一桩大事，心神不安。父亲的产业，由他继承，是没有异议或纷争的。只是有一个细节，议论不定。在我们那里，出殡之时，孝子从家里哭着出来，要一手打幡，一手提着一块瓦，这块瓦要在灵前摔碎，摔得越碎越好。不然就会有许多说讲。管事的人们，担心他眼瞎，怕瓦摔不到灵前放的那块石头上，那会大煞风景，不吉利，甚至会引起哄笑。有人建议，这打幡摔瓦的事，就叫他的儿子去做。

瞎周断然拒绝了，他说有他在，这不是孩子办的事。这是他的职责，他的孝心，一定会感动上天，他一定能把瓦摔得粉碎。至于孩子，等他死了，再摔瓦也不晚。

他大概默默地做了很多次练习和准备工作，到出殡那天，果然，他一摔中的，瓦片摔得粉碎。看热闹的人们，几几乎忍不住要拍手叫好。瞎周心里的扬扬得意，也按捺不住，形之于外了。

他什么时候死去的，我因为离开家乡，就不记得了。他的女人现在也老了，也糊涂了。她好贪图小利，又常常利令智昏。有一次，她从地里拾庄稼回来，走到家门口，遇见一个人，抱着一只鸡，对她说：

"大娘，你买鸡吗？"

"俺不买。"

"便宜呀，随便你给点钱。"

她买了下来，把鸡抱到家，放到鸡群里面，又撒了一把米。

等到儿子回来，她高兴地说：

"你看，我买了一只便宜鸡。真不错，它和咱们的鸡，还这样合群儿。"

儿子过来一看说：

"为什么不合群？这原来就是咱家的鸡么！你遇见的是一个小偷。"

她的儿子，抗日刚开始，也干了几天游击队，后来一改编成八路军，就跑回来了。他在集市上偷了人家的钱，被送到外地去劳改了好几年。她的孙子，是个安分的青年农民，现在日子过得很好。

一九八二年五月三十一日上午续写毕

楞　起　叔

楞起叔小时，因没人看管，从大车上头朝下栽下来，又不及时医治——那时乡下也没法医治，成了驼背。

他是我二爷的长子。听母亲说，二爷是个不务正业的人，好喝酒，喝

乡里旧闻（二）

醉了就搬个板凳，坐在院里拉板胡，自拉自唱。

他家的宅院，和我家只隔着一道墙。从我记事时，楞起叔就给我一个好印象——他的脾气好，从不训斥我们。不只不训斥，还想方设法哄着我们玩儿。他会捕鸟，会编鸟笼子，会编蝈蝈葫芦，会结网，会摸鱼。他包管割坟草的差事，每年秋末冬初，坟地里的草衰白了，田地里的庄稼早就收割完了，蝈蝈都逃到那混杂着荆棘的坟草里，平常捉也没法捉，只有等到割草清坟之日，才能暴露出来。这时的蝈蝈很名贵，养好了，能养到明年正月间。

他还会弹三弦。我幼小的时候，好听大鼓书，有时也自编自唱，敲击着破升子底，当作鼓，两块破犁铧片当作板。楞起叔给我伴奏，就在他家院子里演唱起来。这是家庭娱乐，热心的听众只有三祖父一个人。

因为身体有缺陷，他从小就不能掏大力气，但田地里的锄耪收割，他还是做得很出色。他也好喝酒，二爷留下几亩地，慢慢他都卖了。春冬两闲，他就给赶庙会卖豆腐脑的人家，帮忙烙饼。

这种饭馆，多是联合营业。在庙会上搭一个长洞形的席棚。棚口，右边一辆肉车，左边一个烧饼炉。稍进就是豆腐脑大铜锅。棚子中间，并排放着一些方桌、板凳，这是客座。

楞起叔工作的地方，是在棚底。他在那里安排一个锅灶，烙大饼。因为身残，他在灶旁边挖好一个二尺多深的圆坑，像军事掩体，他站在里面工作，这样可以免得老是弯腰。

帮人家做饭，他并挣不了什么钱，除去吃喝，就是看戏方便。这也只是看夜戏，夜间就没人吃饭来了。他懂得各种戏文，也爱唱。

因为长年赶庙会，他交往了各式各样的人。后来，他又"在了理"，听说是一个会道门。有一年，这一带遭了大水，水撤了以后，地变碱了，道旁墙根，都泛起一层白霜。他联合几个外地人，在他家院子里安锅烧小盐。那时烧小盐是犯私的，他在村里人缘好，村里人又都朴实，没人给他报告。就在这年冬季，河北一个村庄的地主家，在儿子新婚之夜，叫人砸了明火。报到县里，盗贼竟是住在楞起叔家烧盐的人。他们逃走了，县里来人把楞起叔两口子捉进牢狱。

在牢狱一年，他受尽了苦刑，冬天，还差点把脚冻掉。其实，他什么也没有得到，事前事后也不知情。县里把他放了出来，养了很久，才能劳动。他的妻子，不久就去世了。

他还是好喝酒，好赶集。一喝喝到日平西，人们才散场。然后，他拿着他那条铁棍，踉踉跄跄地往家走。如果是热天，在路上遇到一棵树，或是大麻子棵，他就倒在下面睡到天黑。逢年过节，要账的盈门，他只好躲出去。

他脾气好，又乐观，村里有人叫他老软儿，也有人叫他孙不愁。他有一个儿子，抗日时期参了军。新中国成立以后，楞起叔的生活是很好的。他死在邢台地震那一年，也享了长寿。

一九八二年五月三十一日下午

乡里旧闻（二）

根 雨 叔

根雨叔和我们，算是近支。他家住在村西北角一条小胡同里，这条胡同的一头，可以通到村外。他的父亲弟兄两个，分别住在几间土甓北房里，院子用黄土墙围着，院里有几棵枣树，几棵榆树。根雨叔的伯父，秋麦常给人家帮工，是个老老实实的庄稼人，好像一辈子也没有结过婚。他浑身黝黑，又干瘦，好像古庙里的木雕神像，被烟火熏透了似的。根雨叔的父亲，村里人都说他脾气不好，我们也很少和他接近。听说他的心狠，因为穷，在根雨还很小的时候，就把他的妻子弄到河北边，卖掉了。

民国六年，我们那一带遭了大水灾，附近的天主教堂，开办了粥厂，还想出一种以工代赈的家庭副业，叫人们维持生活。清朝灭亡以后，男人们都把辫子剪掉了，把这种头发接结起来，织成网子，卖给外国妇女做发罩，很能赚钱。教会把持了这个买卖，一时附近的农村，几几乎家家都织起网罩来。所用工具很简单，操作也很方便，用一块小竹片做"制板"，再削一支竹梭，上好头发，街头巷尾，年轻妇女们，都在从事这一特殊的生产。

男人们管头发和交货。根雨叔有十几岁了，却和姑娘们坐在一起织网罩，给人一种男不男女不女的感觉。

人家都把辫子剪下来卖钱了，他却逆潮流而动，留起辫子来。他的头发又黑又密，很快就长长了。他每天精心梳理，顾影自怜，真的可以和那些大辫子姑娘媲美了。

山地回忆

每天清早,他担着两只水筲,到村北很远的地方去挑水。一路上,他"咦——咦"地唱着,那是昆曲《藏舟》里的女角唱段。

不知为什么,织网罩很快又不时兴了。热热闹闹的场面,忽然收了场,人们又得寻找新的生活出路了。

村里开了一家面坊,根雨叔就又去给人家磨面了。磨坊里安着一座脚打罗,在那时,比起手打罗,这算是先进的工具。根雨叔从早到晚在磨坊里工作,非常勤奋和欢快。他是对劳动充满热情的人,他在这充满秽气,挂满蛛网,几乎经不起风吹雨打,摇摇欲坠的破棚子里,一会儿给拉磨的小毛驴扫屎填尿,一会儿拨磨扫磨,然后身靠南墙,站在罗床踏板上:

踢踢跶,踢踢跶,踢跶踢跶踢踢跶……筛起面来。

他的大辫子摇动着,他的整个身子摇动着,他的浑身上下都落满了面粉。他踏出的这种节奏,有时变化着,有时重复着,伴着飞扬撒落的面粉,伴着拉磨小毛驴的打嚏喷、撒尿声,伴着根雨叔自得其乐的歌唱,飘到街上来,飘到野外去。

面坊不久又停业了,他又给本村人家去打短工,当长工。三十岁的时候,他娶了一房媳妇,接连生了两个儿子。他的父亲嫌儿子不孝顺,忽然上吊死了。媳妇不久也因为吃不饱,得了疯病,整天蜷缩在炕角落里。根雨叔把大孩子送给了亲戚,媳妇也忽然不见了。人们传说,根雨叔把她领到远地方扔掉了。

从此,就再也看不见他笑,更听不到他唱了。土地改革时,他得到五亩田地,精神好了一阵子,二儿子也长大成人,娶了媳妇。但他不久就

乡里旧闻（二）

又沉默了。常和儿子吵架。冬天下雪的早晨，他也会和衣睡倒在村北禾场里。终于有一天夜里，也学了他父亲的样子，死去了，薄棺浅葬。一年发大水，他的棺木冲到下水八里外一个村庄，有人来报信，他的儿子好像也没有去收拾。

村民们说：一辈跟一辈，辈辈不错制儿。延续了两代人的悲剧，现在可以结束了吧？

一九八二年六月二日

乡里旧闻（三）

玉　华　婶

玉华婶的娘家，离我们村只有十几里地，那里是三县交界的地方，在旧社会叫作"三不管地带"，惯出盗案。据说玉华婶的父亲，就是一个有名的大盗，犯案以后，已经正法。她的母亲，长得非常丑陋，在村里却绰号"大出头"。我们那里的方言，凡是货郎小贩，出售货物，总是把最出色的一件，悬挂在货车上，叫作出头。比如卖馒头的，就挑一个又白又大的，用秫秸秆插起来，立在车子的前面。

俗话说，破窑里可能烧出好瓷器，她生了一个非常出色的女儿，就是说烧出了一件"窑变"，使全村惊异，远近闻名。

这位小姑娘，十三四岁的时候，在街头一站，已经使那些名门闺秀黯

乡里旧闻（三）

然失色。到十六七岁的时候，出脱得更是出众，说绝世佳人，有些夸张，人人见了喜欢，却是事实。

正在这个年华，她的父亲落了这样一个结果，对她来说，当然是非常不幸。她的母亲，好吃懒做，只会斗牌，赌注就放在身边女儿身上了。

县里的衙役，镇上的巡警，村里的流氓，都在这个姑娘身上打主意。

我家南邻是春瑞叔家。他的父亲，是个潦倒人，跑了半辈子宝局，下了趟关东，什么也没挣下，只好在家里开个小牌局。春瑞叔从小时，被送到外村，给人家放羊。每天背上点水，带块干粮，光着两只脚，在漫天野地里，追着喊着。天大黑了，才能回来，睡在羊圈里。现在三十上下了，还没有成亲。

他有一个姐姐，嫁在那个村庄，和大出头是近邻。看见这个小姑娘，长得这样好，眼下命运又不济，就想给自己的弟弟说说。她的口才很好，亲自上门，找小姑娘直接谈。今天不行，明天再去，不上十天半月，这门亲事，居然说成了。

为了怕坏人捣乱，没敢宣扬出去。娶亲那天，也没有坐花轿，没有动鼓乐，只是说串亲，坐上一辆牛车，就到了我们村里。又在别人家借了一间屋子，作为洞房。好在春瑞叔的父亲，是地方上的一个赌棍，有些头面，没有发生什么事情。

不久，把她母亲也接了来，在我们村落了户。从此，一老一少，一美一丑，就成了我们新的街坊邻居了。

像玉华婶这样的人物，论人才、口才、心计，在历史上，如果遇到机

山地回忆

会，她可以成为赵飞燕，也可以成为武则天。但落到这个穷乡僻壤，也不过是织织纺纺，下地劳动。春瑞叔又没有多少地，于是玉华婶就同公爹，支持着家里那个小牌局。有时也下地拾柴挑菜，赶集做一些小买卖。她人缘很好，不管男女老少，都说得来，人们有什么话，也愿意和她去说。她家里是个闲话场。她很能交际，能陪男人喝酒、吸烟、打麻将。

我们年轻人都很爱她，敬她，也有些怕她，不敢惹她。有一年暑假，一天中午，我正在场院里树荫下看书，看见玉华婶从家里跑了出来。后面是她母亲哭叫着。再后面是春瑞叔，手里拿着一根顶门杠。玉华婶一声不响，跑进我家场院，就奔新打的洋井。井口直径足有五尺，她把腿一伸，出溜进去。我大喊救人，当人们捞她的时候，看到她用头和脚尖紧紧顶着井的两边，身子浮在水皮上，一口水也没喝。这种跳井，简直还比不上现在的跳水运动员，实在好笑。

但从此，春瑞叔也就不敢再发庄稼火，很怕她。因为跳井，即寻死觅活，究竟是人命关天的大事，非同小可。

去年，我回了一趟老家。玉华婶也老了。她有三房儿媳，都分着过。春瑞叔八十来岁了，但走起路来，还很快，这是年轻时放羊，给他带来的好处。

三房儿媳，都不听玉华婶的话，还和她对骂。春瑞叔也不替她说话。玉华婶一世英名，看来真要毁于一旦了。

她哭哭啼啼，向我诉苦。最后她对我说：

"大侄子，你走京串卫，识文断字，我问你一件事，什么叫打金枝？"

乡里旧闻（三）

"《打金枝》是一出戏名，河北梆子就有的，你没有看过吗？"我说。

"没有。村里唱戏的时候，我忙着照应牌局，没时间去看。"玉华婶笑了，"这是我那三儿媳妇的爹对我说的。他说：你就没有看过《打金枝》吗？我不知道这是一句什么话，又不好去问外人，单等你回来。"

"那不是一句坏话。"我说，"那可能是劝你不要管儿子媳妇间的闲事。"

随后，我把《打金枝》这出戏的剧情，给她介绍了一下。这一介绍，玉华婶火了，她大声骂道：

"就凭他们家，才三天半不要饭吃了，能出一根金枝？我看是狗屎，擦屁股棍儿！他成了皇帝，他要成了皇帝，我就是玉皇！"

我怕叫她的儿媳听见，又惹是非，赶紧往外努努嘴，托词着出来了。玉华婶也知趣，就不再喊叫了。

一九八三年九月二日晨改讫

疤 增 叔

因为他生过天花，我们叫他疤增叔。堂叔一辈，还有一个名叫增的，这样也好区别。

过去，我们村的贫苦农民，青年时，心气很高，不甘于穷乡僻壤这种饥一顿饱一顿的生活，想远走高飞。老一辈的是下关东，去上半辈子回来，还是受苦，壮心也没有了。后来，是跑上海，学织布。学徒三年，回来时，总是穿一件花丝格棉袍，村里人称他们为上海老客。

疤增叔是我们村去上海的第一个人。最初，他也真的挣了一点钱，汇到家里，盖了三间新北屋，娶了一房很标致的媳妇。人人羡慕，后来经他引进，去上海的人，就有好几个。

疤增叔其貌不扬，幼小时又非常淘气，据老一辈说，他每天拉屎，都要到树杈上去。为人甚为精明，口才也好，见识又广。有一年寒假完了，我要回保定上学，他和我结伴，先到保定，再到天津，然后坐船到上海，这样花路费少一些。第一天，我们宿在安国县我父亲的店铺里。商店习惯，来了客人，总有一个二掌柜陪着说话。我在地下听着，疤增叔谈上海商业行情，头头是道，真像一个买卖人，不禁为之吃惊。

到了保定，我陪他去买到天津的汽车票，不坐火车坐汽车，也是为的省钱。买了明天的汽车票，疤增叔一定叫汽车行给写个字据：如果不按时间开车，要加倍赔偿损失。那时的汽车行，最好坑人骗钱，这又是他出门多的经验，使我非常佩服。

究竟他在上海干什么，村里也传说不一。有的说他给一家纺织厂当跑外，有的说他自己有几张机子，是个小老板。后来，经他引进到上海去的一个本家侄子回来，才透露了一点实情，说他有时贩卖白面（毒品），装在牙粉袋里，过关口时，就叫这个侄子带上。

不久，他从上海带回一个小老婆，河南人，大概是跑到上海去觅生活的，没有办法跟了他。也有人说，疤增叔的二哥，还在打光棍，托他给找个人，他给找了，又自己霸占了，二哥并因此生闷气而死亡。

乡里旧闻（三）

又有一年，他从河南赶回几头瘦牛来，有人说他把白面藏在牛的身上，牛是白搭。究竟怎样藏法，谁也不知道。

后来，他就没挣回过什么，一年比一年潦倒，就不常出门，在家里做些小买卖。有时还卖虾酱，掺上很多高粱糁子。

家里娶的老伴，已经亡故。在上海弄回的女人，给他生了一个儿子，中间一度离异，母子回了河南，后来又找回来，现在已长大成人，出去工作了。

原来的房子，被大水冲塌，用旧砖垒了一间屋子，老两口就住在里面，谁也不收拾，又脏又乱。

一年春节，人们夜里在他家赌钱。局散了以后，老两口吵了起来，老伴把他往门外一推，他倒在地下就死了。

一九八三年九月三日

秋 喜 叔

秋喜叔的父亲，是个棚匠。家里有一捆一捆的苇席，一团一团的麻绳，一根大弯针，每逢庙会唱戏，他就被约去搭棚。

这老人好喝酒，有了生意，他就大喝。而每喝必醉，醉了以后，他从工作的地方，摇摇晃晃地走回来，进村就大骂，一直骂进家里。有时不进家，就倒在街上骂，等到老伴把他扶到家里，躺在炕上，才算完事。人们

山地回忆

说，他是装的，借酒骂人，但从来没有人去拾这个茬儿，和他打架。

他很晚的时候，才生下秋喜叔。秋喜叔并无兄弟姐妹，从小还算是娇生惯养的，也上了几年小学。

十几岁的时候，秋喜叔跟着一个本家哥哥去了上海，学织布。不愿意干了，又没钱回不了家，就当了兵，从南方转到北方。那时我在保定上中学，有一天，他送来一条棉被，叫我放假时给他带回家里。棉被里里外外都是虱子，这可能是他在上海学徒三年的唯一剩项。第二天，又来了两个军人找我，手里拿着皮带，气势汹汹，听他们的口气，好像是秋喜叔要逃跑，所以先把被子拿出来。他们要我到火车站他们的连部去对证。那时这种穿二尺半的丘八大爷们，是不好对付的，我没有跟他们走。好在这是学校，他们也无奈我何。

后来，秋喜叔终于跑回家去，结了婚，生了儿子。抗日战争时，家里困难，他参加了八路军，不久又跑回来。

秋喜叔的个性很强，在农村，他并不愿意一锄一镰去种地，也不愿推车担担去做小买卖。但他也不赌博，也不偷盗。在村里，他年纪不大，辈分很高，整天道貌岸然，和谁也说不来，对什么事也看不惯。躲在家里，练习国画。土改时，他从我家拿去一个大砚台，我回家时，他送了一幅他画的"四破"，叫我赏鉴。

他的父亲早已去世，他这样坐吃山空，日子一天不如一天。家里地里的活儿，全靠他的老伴。那是一位任劳任怨，讲究三从四德的农村劳动妇女，整天蓬头垢面，钻在地里砍草拾庄稼。

乡里旧闻（三）

秋喜叔也好喝酒，但是从来不醉。也好骂街，但比起他的父亲来，就有节制多了。

秋天，村北有些积水，他自制一根钓竿，从早到晚，坐在那里垂钓。其实谁也知道，那里面并没有鱼。

他的儿子长大了，地里的活也干得不错，娶了个媳妇，也很能劳动，眼看日子会慢慢好起来。谁知这儿子也好喝酒，脾气很劣，为了一点小事，砍了媳妇一刀，被法院判了十五年徒刑，押到外地去了。

从此，秋喜叔就一病不起，整天躺在炕上，望着挂满蛛网的屋顶，一句话也不说。谁也说不上他得的是什么病，三年以后才死去了。

一九八三年九月二日下午

乡里旧闻（四）

大　根

岳父只有两个女儿，和我结婚的，是他的次女。到了五十岁，他与妻子商议，从本县河北一贫家，购置一妾，用洋三百元。当领取时，由长工用粪筐背着银圆，上覆柴草，岳父在后面跟着。到了女家，其父当场点数银圆，并一一当当敲击，以视有无假洋。数毕，将女儿领出，毫无悲痛之意。岳父恨其无情，从此不许此妾归省。有人传言，当初相看时，所见者为其姐，身高漂亮，此女则瘦小干枯，貌亦不扬。村人都说：岳父失去眼窝，上了媒人的当。

婚后，人很能干，不久即得一子，取名大根，大做满月，全家欢庆。第二胎，为一女孩，产时值夜晚，仓促间，岳父被墙角一斧伤了手掌，染

乡里旧闻（四）

破伤风，遂致不起。不久妾亦猝死，祸起突然，家亦中落。只留岳母带领两个孩子，我妻回忆：每当寒冬夜晚，岳母一手持灯，两个小孩拉着她的衣襟，像扑灯蛾似的，在那空荡荡的大屋子出出进进，实在悲惨。

大根稍大以后，就常在我家。那时，正是抗日时期，他们家离据点近，每天黎明，这个七八岁的孩子，牵着他喂养的一只山羊，就从他们村里出来到我们村，黄昏时再回去。

那时我在外面抗日。每逢逃难，我的老父带着一家老小，再加上大根和他那只山羊，慌慌张张，往河北一带逃去。在路上遇到本村一个卖烧饼果子的，父亲总是说："把你那柜子给我，我都要了！"这样既可保证一家人不致挨饿，又可以作为掩护。

平时，大根跟着我家长工，学些农活。十几岁上，他就努筋拔力，耕种他家剩下的那几亩土地了。岳母早早给他娶了一个比他大几岁，很漂亮又很能干的媳妇，来帮他过日子。不久，岳母也就去世了。小小年纪，十几年间，经历了三次大丧事。

大根很像他父亲，虽然没念什么书，却聪明有计算，能说，乐于给人帮忙和排解纠纷，在村里人缘很好。土改时，有人想算他家的旧账，但事实上已经很穷，也就过去了。

他在村里，先参加了村剧团，演《小女婿》中的田喜，他本人倒是个地地道道的小女婿。

二十岁时，他已经有两个儿子，加上他妹妹，五口之家，实在够他巴结的。他先和人家合伙，在集市上卖饺子，得利有限。那些年，赌风很

山地回忆

盛，他自己倒不赌，因为他精明，手头利索，有人请他代替推牌九，叫作枪手。有一次在我们村里推，他弄鬼，被人家看出来，几乎下不来台，念他是这村的亲戚，放他走了。随之，在这一行，他也就吃不开了。

他好像还贩卖过私货，因为有一年，他到我家，问他二姐有没有过去留下的珍珠，他二姐说没有。

后来又当了牲口经纪。他自己也养骡驹子，他说从小就喜欢这玩意儿。

"文革"前，他二姐有病，他常到我家帮忙照顾，他二姐去世，这些年就很少来了。

去年秋后，他来了一趟，也是六十来岁的人了，精神不减当年，相见之下，感慨万端。

他有四个儿子，都已成家，每家五间新砖房，他和老伴，也是五间。有八个孙子孙女，都已经上学。大儿子是大乡的书记，其余三个，也都在乡里参加了工作。家里除养一头大骡子，还有一台拖拉机。责任田，是他带着儿媳孙子们去种，经他传艺，地比谁家种得都好。一出动就是一大帮，过往行人，还以为是个没有解散的生产队。

多年不来，我请他吃饭。

"你还赶集吗？还给人家说合牲口吗？"席间，我这样问。

"还去。"他说，"现在这一行要考试登记，我都合格。"

"说好一头牲口，能有多大好处？"

"有规定。"他笑了笑，终于语焉不详。

乡里旧闻（四）

"你还赌钱吗？"

"早就不干了。"他严肃地说，"人老了，得给孩子们留个名誉，儿子当书记，万一出了事，不好看。"

我说："好好干吧！现在提倡发家致富，你是有本事的人，遇到这样的社会，可以大展宏图。"

他叫我给他写一幅字，裱好了给他捎去。他说："我也不贴灶王爷了，屋里挂一张字画吧。"

过去，他来我家，走时我没有送过他。这次，我把他送到大门外，郑重告别。因为我老了，以后见面的机会，不会再多了。

一九八六年八月十四日

刁　叔

刁叔，是写过的疤增叔的二哥。大哥叫瑞，多年跑山西，做小买卖，为人有些流氓气，也没有挣下什么，还把梅毒传染给妻子，妻女失明，儿子塌鼻破嗓，他自己不久也死了。

和我交往最多的，是刁叔。他比我大二十岁，但不把我当作孩子，好像我是他的一个知己朋友。其实，我那时对他，什么也不了解。

他家离我家很近，住在南北街路西。砖门洞里，挂着两块贞节匾，大概是他祖母的事迹吧。那时他家里，只有他和疤增婶子，他一个人住

山地回忆

在西屋。

他没有正式上过学，但"习"过字。过去，村中无力上学，又有志读书的农民，冬闲时凑在一起，请一位能写会算的人，来教他们，就叫习字。

他为人沉静刚毅，身材高大强健。家里土地很少，没有多少活儿，闲着的时候多。但很少见到他像别的贫苦农民一样，背着柴筐粪筐下地，也没有见过他给别人家打短工。他也很少和别人闲坐说笑，就喜欢看一些书报。

那时乡下，没有多少书，只有我是个书呆子。他就和我交上了朋友。他向我借书，总是亲自登门，讷讷启口，好像是向我借取金钱。

我并不知道他喜欢看什么书，我正看什么，就常常借给他什么。有一次，我记得借给他的是《浮生六记》。他很快就看完了，送回时，还是亲自登门，双手捧着交给我。书，完好无损。把书借给这种人，比现在借书出去，放心多了。

我不知道他能看懂这种书不能，也没问过他读后有什么感想。我只是尽乡亲之谊，邻里之间，互通有无。

他是一个光棍。旧日农村，如果家境不太好，老大结婚还有可能，老二就很难了。他家老三，所以能娶上媳妇，是因为跑了上海，发了点小财。这在另一篇文章中，已经提过了。

我现在想：他看书，恐怕是为了解闷，也就是消遣吧。目前有人主张，文学的最大功能，最高价值，就是供人消遣。这种主张，很是时髦。其实，在几十年前，刁叔的读书，就证实了这一点，我也很早就明白这层道理了。看来并算不得什么新理论，新学说。

乡里旧闻（四）

刁叔家的对门，是秃小叔。秃小叔一只眼，是个富农，又是一家之主，好赌。他的赌，不是逢年过节，农村里那种小赌。是到设在戏台下面，或是外村的大宝局去赌。他为人，有些胆小，那时地面也确实不大太平，路劫、绑票的很多。每当他去赴宝局之时，他总是约上刁叔，给他助威壮胆。

那种大宝局的场合、气氛，如果没有亲临过，是难以想象的。开局总是在夜间，做宝的人，隐居帐后；看宝的人，端坐帐前。一片白布，作为宝案，设于破炕席之上，幺、二、三、四四个方位，都押满了银圆。赌徒们炕上炕下，或站或立，屋里屋外，都挤满了人。人人面红耳赤，心惊肉跳；烟雾迷蒙，汗臭难闻。胜败既分，有的甚至屁滚尿流，捶胸顿足。

"免三！"一局出来了，看宝的人把宝案放在白布上，大声喊叫。免三，就是看到人们押三的最多，宝盒里不要出三。一个赌徒，抓过宝盒，屏气定心，慢慢开动着。当看准那个刻有红月牙的宝心指向何方时，把宝盒一亮，此局已定，场上有哭有笑。

秃小叔虽然一只眼，但正好用来看宝盒，看宝盒，好人有时也要眯起一只眼。他身后，站着刁叔。刁叔是他的赌场参谋，常常因他的运筹得当，而得到胜利。天明了，两个人才懒洋洋地走回村来。

这对刁叔来说，也是一种消遣。他有一个"木猫"，冬天放在院子里，有时会逮住一只黄鼬。有一回，有一只猫钻进去了，他也没有放过。一天下午，他在街上看见我，低声说：

"晚上到我那里去，我们吃猫肉。"

晚上，我真的去了，共尝了猫肉。我一生只吃过这一次猫肉。也不知道是家猫，还是野猫。那天晚上，他和我谈了些什么，完全忘记了。

听叔辈们说，他的水式还很好，会摸鱼，可惜我都没有亲眼见过。

刁叔年纪不大，就逝世了。那时我不在家，不知道他得的是什么病。在前一篇文章里，谈到他的死因，也不过是传言，不一定可信。我现在推测，他一定死于感情郁结。他好胜心强，长期打光棍，又不甘于偷鸡摸狗，钻洞跳墙。性格孤独，从不向人诉说苦闷。当时的农民，要改善自己的处境，也实在没有出路。这样就积成不治之症。

一九八六年八月十五日

老 焕 叔

前几年，细读了沙汀同志所写，一九三八年秋季随一二〇师到冀中的回忆录。内记：一天夜晚，师部住进一个名叫辽城的小村庄（我的故乡）。何其芳同志去参加了和村干部的会见，回来告诉他，村里出面讲话的，是一个迷迷怔怔的人。我立刻想到，这个人一定是老焕叔。

但老焕叔并不是村干部。当时的支部书记、农会主任、村长，都是年轻农民，也没有一个人迷迷怔怔。我想是因为，当时敌人已经占据安平县城，国民党的部队，也在冀南一带活动，冀中局面复杂。当一二〇师以正规部队的军容，进入村庄，服装、口音，和村民们日常见惯的土

乡里旧闻（四）

八路，又不一样。仓皇间，村干部不愿露面，把老焕叔请了出来，支应一番。

老焕叔小名旦子，幼年随父亲（我们叫他胖胖爷），到山西做小买卖。后来在太原当了几年巡警和衙役。回到村里，游手好闲，和一个卖豆腐人家的女儿靠着，整天和村里的一些地主子弟浪荡人喝酒赌博。他是第一个把麻将牌带进这个小村庄，并传播这种技艺的人。

读过了沙汀的回忆文章，我本来就想写写他，但总是想不起那个卖豆腐的人的名字。老家的年轻人来了，问他们，都说不知道。直到日前来了两位老年人，才弄清楚。

这个人叫新珠，号老体，是个邋邋遢遢的庄稼人。他的老婆，因为服装不整，人称"大裤腰"，说话很和气。他们只生一个女孩，名叫俊女儿。其实长得并不俊，很黑，身体很健壮。不知怎样，很早就和老焕叔靠上了，结婚以后，也不到婆家去，好像还生了一个男孩。老焕叔就长年住在她家，白天聚赌，抽些油头，补助她的家用。这种事，村民不以为怪，老焕婶是个顺从妇女，也不管他，靠着在上海学织布的孩子生活。

老焕叔的罗曼史，也就是这一些。

近读《求恕斋丛书》，唐晏所作庚子西行记事：乡野之民，不只怕贼，也怕官。听说官要来了，也会逃跑。我的村庄，地处偏僻，每逢兵荒马乱之时，总需要一个见过世面，能说会道的人，出来应付，老焕叔就是这种人选。

他长得高大魁梧，仪表堂堂。也并非真的迷迷怔怔，只是说话时，常

135

山地回忆

常眯缝着眼睛,或是看着地下,有点大智若愚的样儿。

我长期在外,童年过后,就很少见到他了。进城以后,我回过一次老家,是在大病初愈之后,想去舒散一下身心。我坐在一辆旧吉普车上,途经保定,这是我上中学的地方;安国,是父亲经商,我上高级小学的地方。都算是旧地重游,但没有多走多看,也就没有引起什么感想。

下午到家。按照乡下规矩,我在村头下车,从村边小道,绕回叔父家去。吉普车从大街开进去。

村边有几个农民在打场,我和他们打招呼。其中一位年长的,问一同干活的年轻人:

"你们认识他吗?"

年轻人不答话。他就说:

"我认识他。"

当我走进村里,街上已经站满了人。大人孩子,熙熙攘攘,其盛况,虽说不上万人空巷,场面确是令人感动的。无怪古人对胜利后还乡,那么重视,虽贤者也不能免了。但我明白,自己并没有做官,穿的也不是锦绣。可能是村庄小,人们第一次看见吉普车,感到新鲜。过去回家时,并没有遇到过这样的场面。

走进叔父家,院里也满是人。老焕叔在叔父的陪同下,从屋里走了出来。他拄着一根棍子,满脸病容,大声喊叫我的小名,紧紧攥着我的手。人们都仰望着他,听他和我说话。

然后,我又把他扶进屋里,坐在那把唯一的木椅上。

乡里旧闻（四）

我因为想到，自身有病，亲人亡逝，故园荒凉，心情并不好。他见我说话不多，坐了一会儿就走了。

他扶病来看我，一是长辈对幼辈的亲情，二是又遇到一次出头露面的机会。不久，他就故去了。他的一生，虽说有些不务正业，却也没做过什么对不起乡亲们的坏事。所以还是受到人们的尊重，是村里的一个人物。

一九八七年十月五日

附记：如写村史，老焕叔自当有传。其主要事迹，为从城市引进麻将牌一事。然此不足构成大过失，即使农村无麻将，仍有宝盒及骨牌、纸牌也。本村南头，有名曹老万者，幼年不耐农村贫苦，去安国药店学徒。学徒不成，乃流为当地混混儿。安国每年春冬，有药市庙会，商贾云集。老万初在南关后街聚赌，以其悍鸷，被无赖辈奉为头目。后又窝娼，并霸一河南女子回家，得一子。相传妓女不孕，此女盖新从农村，被拐骗出来者。为人勤劳敏快，颇安于室。附近有钱人家，生子恐不育者，争相认为干娘。传说，小儿如认在此等人名下，神鬼即不来追索。此女亦有求必应，不以为忤。然老万中年以后，精神失常，四处狂走，不能言语，只呵呵作声，向人乞讨。余读医书，得知此病，乃因梅毒菌进入人脑所致。则曹氏从城市引进梅毒，其于农村之污染，后果更不堪言矣。

古人云：不耕之民，易与为非，难与为善。这句话，还是可以思考的。

次日又记

烈士陵园

烈士们长眠在名山之下，
萧萧的白杨伸延在陵道两边，
大理石纪念塔高出云表，
一只苍鹰在塔的上空盘旋。

  本来是要写一首诗，来献给陵园的。激动了的情感忍受不了韵脚的限制和束缚，还是改写散文吧。

  这一带地方，确是形胜之地。山区的果树和平原的庄稼，今年都获丰收。陵园西边的山路上，正有大队的毛驴、驮骡，负载着新收的柿子、红果，到山脚下的收购站去。驴骡踏在石路上的杂乱的蹄声，以及赶牲口的人们的吆喝声，都给天高气爽季节的陵园，增加了充沛旺盛的生命力量。

烈士陵园

热情高涨的妇女运输队来来往往的歌声和欢笑，更带来丰收季节的鼓舞欢腾。我想，长眠在地下的烈士们有知，也会为这一带——他们生前艰苦缔造的地方——人民的斗志昂扬，生活幸福，感到安慰和高兴的。

这里的幸福生活，确是和烈士们分不开的，是有血肉的关联的。是他们生前所关心，也是死后所不能忘怀的。

这一地区之所以称为名胜，并不在于像县志或山志上所介绍的：山上有奇松，山中间有怪石，山下有泉水。因为据我所知，像阜平那一带的大黑山，虽然不以名胜著称，也有这样的石头，也有这样的泉水，我们的战士也曾经在那里往返周绕，爬上爬下，有八年之久。这里之所以称为名山，当然也不在于那些毁坏了的帝王宫殿，以及与之有关的舍利宝塔和僧尼庵寺。

是因为：这里有艰苦的回忆，有革命的传统，有当前奋发图强的生产热情。人民已经解除了帝国主义和封建主义所强加给他们的无穷灾难，人民的生活，已经富裕和幸福。——今天的阜平，当然也是这样。

单从衣食住行上看，人民的生活已经和抗日期间有了很大的变化。在这里，再也看不见那时山区常见的：夏天在炎日下，上身赤露，下边还穿着破棉裤，冬季在寒风里，穿一件光板破羊皮袄的农民形象。现在农民的服装，即使走到大城市，也还是整齐漂亮的。大部分住宅，已经改建成新瓦房，地势背风而向阳。在吃的方面，也不会再有一大缸一大缸的烂酸菜或是树叶。在运输上，山下的公路已经修通，山上的公路也正在计划。一到天晚，家家户户，电灯明亮，收音机放送着幸福的、革命的歌声。

山地回忆

　　这一切都会传送到陵园里来。而陵园也正在把它的声音传送到各个地方去。陵园主任一年三百六十日，都在向前来瞻仰的战士、学生作报告，实际上是一种活的教育，生动的阶级教育。

　　一天清晨，我看见有一个团的战士在陵园前面集合。我们的战士，不只武器精良，而且军容齐整，雄姿英发。我们的战斗机，在陵园上空，轰轰飞过。这一切，烈士们是会看见、听到的。他们会想起他们作战时所用的简陋武器，所受的敌人飞机轰炸的欺侮，为祖国的强大感到安慰。

　　是的，经历越多，联想也就越丰富。我随同一队小学生在陵园的陈列室，瞻仰烈士们的遗容，一个小学生对他的老师提出了这样一个问题：

　　"他们为什么都这样年轻？"

　　从那些年轻、英俊、坚定的遗容上看，很多烈士和站在他们面前的小学生，好像就是并肩的兄弟和姐妹。在壮烈牺牲时，他们有的十七八岁，有的二十一二岁。现在这样年岁的青年，正在幸福地受到党和人民的关怀和教育。

　　从烈士们的传略上可以看到，即使他们这样年轻，他们生前已经是久经考验，识见远大，立场坚定，对革命忠心耿耿。

　　我不知道那位严肃的老师怎样解答。我从陵园走出来，这个问题一直在我的脑际回绕。

　　很多烈士在中学、师范甚至小学，就接受了党所传播的革命思想。然后，他们回到家乡，或是在穷乡僻壤的小学校里教书，他们又向贫苦的农民和他们的子弟传播了这种思想。这就是星火燎原。在旧社会，到处是饥

烈士陵园

寒贫困，到处是阶级压迫，因此也就到处是易燃的干柴燥草。革命之火，一触即发。随即卷起革命的风暴，这些烈士投身、领导在这风暴烈火之中。

他们有的爱好文学。而当时革命的报刊、书籍，传播得很少也很困难。他们看不到革命的戏剧电影，听不到革命的广播。但他们顽强地接受了党的教育，并奋不顾身地传播了党的思想。

这样看来，他们并不是生而知之，也不完全是时代使然，而是党深入教育的结果。他们革命的坚决意志，是值得我们学习和发扬的。

夜晚，我回到陵园的招待所，管理员对我说，白天来了两位烈属，从我的房间搬走了一床多余的铺盖。

烈属是母女两人，就住在我的隔壁，她们低声絮语，一夜好像没有睡觉。我想，她们来到这里，恐怕是不容易入睡的。第二天，她们很早起来，就动身回家了。

母亲在路上，还要讲述父亲或是兄长的故事给那年轻的女孩子听吧。

但愿这故事，能叫全体青年人都听到。
这里的风声泉水声，
都在传送着烈士的遗言遗志！
这里的花树果树，
都染有烈士们的无限的恩泽和革命的感情！

一九六五年九月

青春余梦

我住的大杂院里,有一棵大杨树,树龄至少有七十年了。它有两围粗,枝叶茂密。经过动乱、地震,院里的花草树木,都破坏了,唯独它仍然矗立着。这样高大的树木,在这个繁华的大城市,确实少见了。

我幼年时,我们家的北边,也有一棵这样大的杨树。我的童年,有很多时光是在它的下面、它的周围度过的。我不只在秋风起后,在那里捡过杨叶,用长长的柳枝穿起来,像一条条的大蜈蚣;在春天度荒年的时候,我还吃过杨树飘落的花,那可以说是最苦最难以下咽的野菜了。

现在我已经老了,蛰居在这个大院里,不能再向远的地方走去,高的地方飞去。每年冬季,我要生火炉,劈柴是宝贵的,这棵大杨树帮了我不少忙。霜冻以后,它要脱落很多干枝,这种干枝,稍稍晒干,就可以生火,很有油性,很容易点着。每听到风声,我就到它下面去拣拾这种干枝，堆在门外，然后把它们折断晒干。

在这些干枝的表皮上，还留有绿的颜色，在表皮下面，还有水分。我想：它也是有过青春的呀！正像我也有过青春一样。然而它现在干枯了，脱落了，它不是还可以帮助别人生起火炉取暖吗？

是为序。

我的青春的最早阶段，是在保定育德中学度过的。保定是一座古老的城市，荒凉的城市，但也是很便于读书的城市。在这个城市，我待了六年时间。在课堂上，我念英语，演算术。在课外，我在学校的图书馆，领了一个小木牌，把要借的书名写在上面，交给在小窗口等待的管理员，就可以拿到要看的书。图书管理员都是博学之士。星期天，我到天华市场去看书，那里有一家卖文具的小铺子，代卖各种新书。我可以站在那里翻看整整半天，主人不会干涉我。我在他那里看过很多种新书，只买过一本。这本书，我现在还保存着。我不大到商务印书馆去，它的门半掩着，柜台很高，望不见它摆的书籍。

读书的兴趣是多变的，忽然想看古书了；又忽然想看外国文学了；又忽然想研究社会科学了，这都没有关系。尽量去看吧，每一种学科，都多读几本吧。

后来，我又流浪到北平去了。除了买书看书，我还好看电影，好听京戏，迷恋着一些电影明星，一些科班名角。我住在东单牌楼，晚上，一个人走着到西单牌楼去看电影，到鲜鱼口去听京戏。那时长安大街多么荒凉、多么安静啊！一路上，很少遇到行人。

各种艺术都要去接触。饥饿了，就掏出剩下的几个铜板，坐在露天的小饭摊上，吃碗适口的杂菜烩饼吧。

有一阵子，我还好歌曲，因为民族的苦难太深重了，我们要呼喊。

无论保定和北平，都曾使我失望过，痛苦过。但也都给过我安慰和鼓舞，留下的印象是深刻的。我在那里得到过朋友们的帮助，也爱过人，同情过人。写过诗，写过小说，都没有成功。我又回到农村来了，又听到杨树叶子，哗哗地响着。

后来，我参加了抗日战争，关于这，我写得已经很多了。战争，充实了我的青春，也结束了我的青春。

我的青春，价值如何？是欢乐多，还是痛苦多？是安逸享受多，还是颠沛流离多？是虚度，还是有所作为，都不必去总结了。时代有总的结论，总的评价。个人是一滴水，如果滴落在江河，流向大海，大海是不会涸竭的。正像杨树虽有脱落的枝叶，它的本身是长存的。我祝愿它长存！

是为本文。

一九八二年十二月六日清晨

芸斋梦余

关　于　花

　　青年时的我，对花是没有什么感情的，心里只有"衣食"二字。童年的印象里没有花。十四岁上了中学，学校里有一座很小的校园，一个老园丁。校园紧靠图书馆，有点时间，我宁肯进图书馆，很少到校园。在上植物学课时，张老师（河南人）带领我们去看含羞草啊，无花果啊，也觉得实在没有意思。校园里有一棵昙花，视为稀罕之物，每逢开花，即使已经下了晚自习，张老师还要把我们集合起来，排队去观赏，心里更认为他是多此一举，小题大做。

　　毕业后，为衣食奔走，我很少想到花，即使逛花园，心里也是沉重的。后来，参加了抗日战争，大部分时间是在山里打游击。山里有很多花，村头、河边、山顶都有花。杏花、桃花、梨花，还有很多野花，我很少观赏。不但不观赏，行军时践踏它们，休息时把它们当坐垫，无情地、无意识地拔起身边的野花，连嗅一嗅的兴趣都没有，抛到远处去，然后爬起来赶路。

我，青春时代，对花是无情的，可以说是辜负了所有遇到的花。

写作时，我也没有用花形容过女人。这不只是因为有先哲的名言，也是因为那时的我，认为用花来形容什么，是小资产阶级意识的表现。

及至现在，我老了，白发疏稀，感觉迟钝，我很喜爱花了。我花钱去买花，用瓷的花盆去栽种。然而花不开，它们干黄、枯萎，甚至不活。而在"十年动乱"时，造反派看中我的花盆，把花全部端走了。我对花的感情最浓厚，最丰盛，投放的精力也最大。然而花对我很冷漠，它们几乎是背转脸去，毫无笑模样，再也不理我。

这不能说是花对我无情，也不能怨它恨它，是它对我的理所当然的报复。

关 于 果

战争时期，我经常吃不饱。霜降以后我常到山沟里去，捡食残落的红枣、黑枣、梨子和核桃。树下没有了，我仰头望着树上，还有打不净的。稍低的用手去摘，再高的，用石块去投。常常望见在树的顶梢，有一个最大的、最红的、最引诱人的果子。这是主人的竿子也够不着，打不下来，才不得不留下来，恨恨地走去的。我向它瞄准，投了十下，不中。投了一百下，还是不中。我环绕着树身走着，望着，计划着。最后，我的脖颈僵了，筋疲力尽了，还是投不下来。我望着天空，面对四方，我希望刮起一股劲风，把它吹下来。但终于天气晴和，一丝风也没有。红果在天空摇曳着，讪笑着，诱惑着。

天晚了，我只好回去，我的肚子更饿了，这叫作得不偿失，无效劳动。我一步一回头，望着那颗距离我越来越远的红色果子。

夜里，我又梦见了它。第二天黎明，集合行军了，每人发了半个冷窝窝头。要爬上前面一座高山，我把窝窝头吃光了。还没爬到山顶，我饿得晕倒在山路上。忽然我的手被刺伤了，我醒来一看，是一棵酸枣树。我饥不择食，一把掳去，把果子、叶子，树枝和刺针，都塞到嘴里。

年老了，不再愿吃酸味的水果，但酸枣救活了我，我感念酸枣。每逢见到了酸枣树，我总是向它表示敬意。

关 于 河

听说，我家乡的滹沱河，已经干涸很多年了，夏天也没有一点水。我在一部小说里，对它做过详细的描述，现在要拍摄这些场面，是没有办法了。听说家乡房屋街道的形式，也大变了。

建筑是艺术的一种，它必然随着政治的变动，改变其形式。它的形式，是受经济基础决定的。

山地回忆

关于河流，就很难说了。历史的发展，可以引起地理环境的变动吗？大概是肯定的。

这条河，在我的童年，每年要发水，泛滥所及，冲倒庄稼，有时还冲倒房子。它带来黄沙，也带来肥土，第二年就可以吃到一季好麦。它给人们带来很多不便，夏天要花钱过惊险的摆渡，冬天要花钱过摇摇欲坠的草桥。走在桥上，仄仄闪闪的，吱吱呀呀的，下面是围着桥桩堆积起来的坚冰。

童年，我在这里，看到了雁群，看到了鹭鸶。看到了对艚大船上的船夫船妇，看到了纤夫，看到了白帆。他们远来远去，东来西往，给这一带的农民，带来了新鲜奇异的生活感受，彼此共同的辛酸苦辣的生活感受。

对于这条河流，祖祖辈辈，我没有听见人们议论过它的功过。是喜欢它，还是厌恶它，是有它好，还是没有它好。人们只是觉得，它是大自然的一部分。而大自然总是对人们既有利又有害，既有恩也有怨，无可奈何。

河，现在干涸了，将永远不存在了。

一九八二年十二月十九日

吃饭的故事

我幼小时，因为母亲没有奶水，家境又不富裕，体质就很不好。但从上了小学，一直到参加革命工作，一日三餐，还是能够维持的，并没有真正挨过饿。当然，常年吃的也不过是高粱小米，遇到荒年，也吃过野菜蝗虫，饽饽里也掺些谷糠。

一九三八年，参加抗日，在冀中吃得还是好的。离家近，花钱也方便，还经常吃吃小馆。后来到了阜平，就开始一天三钱油三钱盐的生活，吃不饱的时候就多了。吃不饱，就到野外去转游，但转游还是当不了饭吃。

菜汤里的萝卜条，一根赶着一根跑，像游鱼似的。有时是杨叶汤，一片追着一片，像飞蝶似的。又不断行军打仗，就是这样的饭食，也常常难以为继。

一九四四年到了延安，丰衣足食；不久我又当了教员，吃上小灶。

山地回忆

日本投降以后，我从张家口一个人徒步回家，每天行程百里，一路上吃的是派饭。有时夜晚赶到一处，桌上放着两个糠饼子，一碟干辣子，干渴得很，实在难以下咽，只好忍饥睡下，明天再碰运气。

到家以后，经过八年战争，随后是土地改革，家中又无劳动力，生活已经非常困难。我的妻子，就是想给我做些好吃的，也力不从心了。

此后几年，我过的是到处吃派饭的生活。土改平分，我跟着工作组住在村里，吃派饭。工作组走了，我想写点东西，留在村里，还是吃派饭。对给我饭吃，给我房住的农民，特别有感情，总是恋恋不舍，不愿离开。在博野的大西章村，饶阳的大张岗村，都是如此。在土改正在进行时，农民对工作组是很热情的；经过疾风暴雨，工作组一撤，农民或者因为分到的东西少，或者因为怕翻天，心情就很复杂了。我不离开，房东的态度，已经有很大的不同，首先表现在饭食上。后来有人警告我：继续留在村里，还有危险。我当时确实没有想到。

有时为了减轻家庭负担，我还带上大女儿，到一个农村去住几天，叫她跟着孩子们到地里去捡花生，或是跟着房东大娘纺线。我则体验生活，写点小说。

这种生活，实际上也是饥一顿，饱一顿，持续了有两三年的时间。

进城以后，算是结束了这种吃饭方式。

一九五三年，我又到安国县下乡半年。吃派饭有些不习惯，我就自己做饭，每天买点馒头，煮点挂面，炒个鸡蛋。按说这是好饭食，但有时我嫌麻烦，就三顿改为两顿，有时还是饿着肚子，到沙岗上去散步。

吃饭的故事

我还进城买些点心、冰糖，放在房东家的橱柜里。房东家有两房儿媳妇，都在如花之年，每逢我从外面回来，就一齐笑脸相迎说：

"老孙，我们又偷吃你的冰糖了。"

这样，吃到我肚子里去的，就很有限了。虽然如此，我还是很高兴的。能得到她们的欢心，我就忘记饥饿了。

一九八三年九月一日晨，大雨不能外出

猫鼠的故事

目前，我屋里的耗子多极了。白天，我在桌前坐着看书或写字，它们就在桌下来回游动，好像并不怕人。有时，看样子我一跺脚就可以把它踩死，它却飞快跑走了。夜晚，我躺在床上，偶一开灯，就看见三五成群的耗子，在地板、墙根串游，有的甚至钻到我的火炉下面去取暖，我也无可奈何。

有朋友劝我养一只猫。我说，不顶事。

这个都市的猫是不拿耗子的。这里的人们养猫，是为了玩，并不是为了叫它捉耗子，所以耗子方得如此猖獗。这里养猫，就像养花种草、玩字画古董一样，把猫的本能给玩得无影无踪了。

我有一位邻居，也是老干部，他养着一只黄猫，据说品种花色都很讲究。每日三餐，非鱼即肉，有时还喂牛奶。三日一梳毛，五日一沐浴。每

猫鼠的故事

天抱在怀里抚摩着,亲吻着。夜晚,猫的窝里,有铺的,有盖的,都是特制的小被褥。

这样养了十几年,猫也老了,偶尔下地走走,有些蹒跚迟钝。它从来不知耗子为何物,更不用说有捕捉之志了。

我还是选用了我们原始祖先发明的捕鼠工具:夹子。支得得法,每天可以打住一只或两只。

我把死鼠埋到花盆里去。朋友问我为什么不送给院里养猫的人家。我说:这里的猫,不只不捉耗子,而且不吃耗子。

这是不久以前的经验教训。我打住了一只耗子,好心好意送给邻居,说:

"叫你家的猫吃了吧。"

主人冷冷地说:

"那上面有跳蚤,我们的猫怕传染。如果是吃了耗子药,那就更麻烦。"

我只好提了回来,埋在地里。

又过了不久,终于出现了以下如果不是我亲眼所见,一定有人会认为是造谣的场面。

有一家,在阳台上盛杂物的筐里,发现了一窝耗子,一群孩子呼叫着:"快去抱一只猫来,快去抱一只猫来!"

正赶上老干部抱着猫在阳台上散步,他忽然动了试一试的兴致,自告奋勇,把猫抱到了筐前,孩子们一齐呐喊:

山地回忆

"猫来了，猫来捉耗子了！"

老人把猫往筐里一放，猫跳出来。再放再跳，三放三跳，终于逃回家去了。

孩子们大失所望，一齐喊："废物猫，猫废物！"

老人的脸红了。他跑到家里，又把猫抱回来，硬把它按进筐里，不松手。谁知道，猫没有去咬耗子，耗子却不客气，把老干部的手指咬伤，鲜血淋淋，只好先到卫生所，去进行包扎。

群儿大笑不止。其实这不足奇怪，因为这只老猫，从来不认识耗子，它见了耗子实在有些害怕。

"十年动乱"期间，我曾回到老家，住在侄子家里。那一年收成不好，耗子却很多，侄子从别人家要来一只尚未断奶的小猫，又舍不得喂它，小猫枯瘦如柴，走路都不稳当。有一天，我看见它从立柜下面，连续拖出两只比它的身体还长一段的大耗子，找了个背静地方全吃了。这就叫充分发挥了猫的本能。

其实，这个大都市，猫是很多的。我住的是个大杂院，每天夜里，猫叫为灾。乡下的猫，是二八月到房顶上交尾，这里的猫，不分季节，冬夏常青。也不分场合，每天夜里，房上房下，窗前门后，互相追逐，互相呼叫，那声音悲惨凄厉，难听极了：有时像狼，有时像枭，有时像泼妇刁婆，有时像流氓混混儿。直至天明，还不停息。早起散步，还看见一院子是猫，发情求配不已。

这样多的猫在院里，那样多的耗子在屋里，这也算是一种矛盾现象吧？

猫鼠的故事

城狐社鼠，自古并称。其实，狐之为害，远不及鼠。鼠形体小，而繁殖众，又密迩人事，投之则忌器，药之恐误伤，遂使此蕞尔细物，子孙繁衍，为害无止境。幼年在农村，闻父老言，捕田鼠缝闭其肛门，纵入家鼠洞内，可尽除家鼠。但做此种手术，易被咬伤手指，终于未曾实验。

一九八三年四月五日

昆虫的故事

人的一生,真正的欢乐,在于童年。成年以后的欢乐,则常带有种种限制。例如说:寻欢取乐;强作欢笑;甚至以苦为乐,等等。

而童年的欢乐,又在于黄昏。这是因为:一天劳作之后,晚饭未熟之前,孩子们是可以偷一些空闲,尽情玩一会儿的。时间虽短,其欢乐的程度,是大大超过青年人的人约黄昏后的情景的。

黄昏的欢乐,又多在春天和夏天,又常常和昆虫有关。

一是捉黑老婆虫。

这种昆虫,黑色,有硬壳,但下面又有软翅。当村边的柳树初发芽时,它们不知从何处飞来,群集在柳枝上。儿童们用脚一踢树干,它们就纷纷落地装死。儿童们争先恐后地把它们装入瓶子,拿回家去喂鸡。我们的童年,即使是游戏,也常常和衣食紧密相连。

昆虫的故事

二是摸爬爬儿。

爬爬儿是蝉的幼虫，黄昏时从地里钻出来，爬到附近的树上，或是篱笆上。第二天清晨，脱去一层黄色的皮，就变成了蝉。

摸蝉的幼虫，有两种方式。一种是摸洞，每到黄昏，到场边树下去转游，看到有新挖开的小洞，用手指往里一探，幼虫的前爪，就会钩住你的手指，随即带了出来。这种洞是有特点的，口很小，呈不规则圆形，边缘很薄。我幼年时，是察看这种洞的能手，几乎百无一失。另一种方式是摸树。这时天渐渐黑了，幼虫已经爬到树上，但还停留在树的下部，用手从树的周围去摸。这种方式，有点碰运气，弄不好，还会碰到别的虫子，例如蝎子，那就很倒霉了。而且这时母亲也就要喊我们回家吃饭了。

捉了蝉的幼虫，回家用盐水泡起来，可以煎着吃。

三是抄老道儿。

我们那里，沙地很多，都是白沙，一望无垠，洁白如雪，人们就种上柳子。柳子地，是我童年的一大乐园。玩累了，坐在沙地上，就会看见有很多小酒盅似的坑儿。里面光滑整洁，无声无息，偶尔有一个蚂蚁或是小飞虫，滑落到里面，很快就没有踪迹了。我们一边嘴里念念有词："老道儿，老道儿，我给你送肉吃来了。"一边用手往沙地深处猛一抄，小酒盅就到了手掌，沙土从指缝里流落，最后剩一条灰色软体的，形似书鱼而略大的小爬虫在掌心。这种虫子就叫老道儿。它总是倒着走，把它放在沙地上，它迅速地倒退着，不久就又形成一个窝，它也不见了。

它的头部，有两只很硬的钳子。别的小昆虫一掉进它的陷阱，被它拉

山地回忆

进土里吃掉,这就叫无声的死亡,或者叫莫名其妙的死亡。

现在想来:道家以清净无为、玄虚冲淡为教旨。导引吐纳、餐风饮露以延年。虫之所为,甚不类矣。何以千古相传,赐此嘉名?岂农民对诡秘之行,有所讽喻乎?

一九八四年三月二十八日上午

服装的故事

我远不是什么纨绔子弟，但靠着勤劳的母亲纺线织布，粗布棉衣，到时总有的。深感到布匹的艰难，是在抗战时参加革命以后。

一九三九年春天，我从冀中平原到阜平一带山区，那里因为不能种植棉花，布匹很缺。过了夏季，渐渐秋凉，我们什么装备也还没有。我从冀中背来一件夹袍，同来的一位同志多才多艺，他从老乡那里借来一把剪刀，把它裁开，缝成两条夹褥，铺在没有席子的土炕上。这使我第一次感到布匹的难得和可贵。

那时我在新成立的晋察冀通讯社工作。冬季，我被派往雁北地区采访。雁北地区，就是雁门关以北的地区，是冰天雪地，大雁也不往那儿飞的地方。我穿的是一身粗布棉袄裤，我身材高，脚腕和手腕，都有很大部位暴露在外面。每天清早在大山脚下集合，寒风凛冽。有一天在部队出发

山地回忆

时，一同采访的一位同志把他从冀中带来的一件日本军队的黄呢大衣，在风地里脱下来，给我穿在身上。我第一次感到了战斗伙伴的关怀和温暖。

一九四一年冬天，我回到冀中，有同志送给我一件狗皮大衣筒子。军队夜间转移，远近狗叫，就会暴露自己。冀中区的群众，几天之内，就把所有的狗都打死了。我把皮子拿回家去，我的爱人，用她织染的黑粗布，给我做了一件短皮袄。因为狗皮太厚，做起来很吃力，有几次把她的手扎伤。我回路西的时候，就珍重地带它过了铁路。

一九四三年冬季，敌人在晋察冀边区"扫荡"了整整三个月。第二年开春，我刚刚从山西的繁峙一带回到阜平，就奉命整装待发去延安。当时，要领单衣，把棉衣换下。因为我去晚了，所有的男衣，已发完，只剩下带大襟的女衣，没有办法，领下来。这种单衣的颜色，是用土靛染的，非常鲜艳，在山地名叫"月白"。因是女衣，在宿舍换衣服时，我犹豫了，这穿在身上像话吗？

忽然有两个女学生进来——我那时在华北联大高中班教书。她们带着剪刀针线，立即把这件女衣的大襟撕下，缝成一个翻领，然后把对襟部位缝好，变成了一件非常时髦的大翻领钻头衬衫。她们看着我穿在身上，然后拍手笑笑走了，也不知道是赞美她们的手艺，还是嘲笑我的形象。

然后，我们就在枣树林里站队出发。

这一队人马，走在去往革命圣地延安的漫长而崎岖的路上，朝霞晚霞映在我们鲜艳的服装上。如果叫现在城市的人看到，一定要认为是奇装异服了。或者只看我的描写，以为我在有意歪曲、丑化八路军的形象。但那

服装的故事

时山地群众并不以为怪，因为他们在村里村外常常看到穿这种便衣的工作人员。

路经盂县，正在那里下乡工作的一位同志，在一个要道口上迎接我，给我送行。初春，山地的清晨，草木之上，还有霜雪。显然他已经在那里等了很久，浓黑的鬓发上，也挂有一些白霜。他在我们行进的队伍旁边，和我握手告别，说了很简短的话。

应该补充，在我携带的行李中间，还有他的一件日本军用皮大衣，是他过去随军工作时，获得的战利品。在当时，这是很难得的东西，大衣做得坚实讲究：皮领，雨布面，上身是丝绵，下身是羊皮，袖子是长毛绒。羊皮之上，还带着敌人的血迹。原来坚壁在房东家里，这次出发前，我考虑到延安天气冷，去找我那件皮衣，找不到，就把他的拿起来。

初夏，我们到绥德，休整了五天。我到山沟里洗了个澡。这是条向阳的山沟，小河的流水很温暖，水冲激着沙石，发出清越的声音。我躺在河中间一块平滑的大石板上，温柔的水，从我的头部胸部腿部流过去，细小的沙石常常冲到我的口中。我把女同学们给我做的衬衣，洗好晾在石头上，干了再穿。

我们队长到晋绥军区去联络，回来对我说：吕正操司令员要我到他那里去。一天上午，我就穿着这样一身服装，到了他那庄严的司令部。那件艰难携带了几千里路的大衣，到延安不久，就因为一次山洪暴发，同我所有的衣物，卷到延河里去了。

这次水灾以后，领导上给我发了新的装备，包括一套羊毛棉衣。这种

山地回忆

棉衣当然不错，不过有个缺点，穿几天，里面的羊毛就往下坠，上半身成了夹的，下半身则非常臃肿。和我一同到延安去的一位同志，要随王震将军南下，他们发的是絮棉花的棉衣，他告诉我路过桥儿沟的时间，叫我披着我那件羊毛棉衣，在街口等他，当他在那里走过的时候，我们俩"走马换衣"，他把那件难得的真正棉衣换给了我。因为既是南下，越走天气越暖和的。

这年冬季，女同学们又把我的一条棉褥里的棉花取出来，把我的棉裤里的羊毛换进去，于是我又有了一条名副其实的棉裤。她们又给我打了一双羊毛线袜和一条很窄小的围巾，使我温暖愉快地过了这一个冬天。

这时，一位同志新从敌后到了延安，他身上穿的竟是我那件狗皮袄，说是另一位同志先穿了一阵，然后转送给他的。

一九四五年八月，日本投降，我们又从延安出发，我被派作前站，给女同志们赶了很长一段时间的毛驴。那些婴儿，装在两个荆条筐里，挂在母亲们的两边。小毛驴一走一颠，母亲们的身体一摇一摆，孩子们像燕雏一样，从筐里探出头来，呼喊着，玩闹着，和母亲们爱抚的声音混在一起，震荡着漫长的欢乐的旅途。

冬季我们到了张家口，晋察冀的老同志们开会欢迎我们，穿戴都很整齐。一位同志看我还是只有一身粗布棉袄裤，就给我一些钱，叫我到小市去添补一些衣物。后来我回冀中，到了宣化，又从一位同志的床上，扯走一件日本军官的黄呢斗篷，走了整整十四天，到了老家，披着这件奇形怪状的衣服，与久别的家人见了面。这仅仅是记得起来的一些，至于战争年

服装的故事

代里房东老大娘、大嫂、姐妹们为我做鞋做袜,缝缝补补,那就更是一时说不完了。

我们在和日本帝国主义、蒋帮作战的时候,穿的就是这样。但比起上一代的老红军战士,我们的物质条件就算好得多了。

穿着这些单薄的衣服,我们奋勇向前。现在,那些刺骨的寒风,不再吹在我的身上,但仍然吹过我的心头。其中有雁门关外挟着冰雪的风,有在冀中平原卷着黄沙的风,有延河两岸虽是严冬也有些温暖的风。我们穿着这些单薄的衣服,在冰冻石滑的山路上攀登,在深雪中滚爬,在激流中强渡。有时夜雾四塞,晨霜压身,但我们方向明确,太阳一出,歌声又起。

一九七七年十一月二十六日改完

芸斋琐谈

谈　　忘

记得抗日期间，在山里工作的时候，与一位同志闲谈，不知谈论的是何题何事，他说："人能忘，和能记，是人的两大本能。人不能记，固然不能生存；如不能忘，也是活不下去的。"

当时，我正在青年，从事争战，不知他说这种话，是什么意思，从心里不以为然。心想：他可能是有什么不幸吧，有什么不愉快的事，压在他的心头吧。不然，他为什么强调一个"忘"字呢？

随着年龄的增长，随着经验的增加，随着喜怒哀乐、七情六欲的交织于心，有时就想起他这句话来，并开始有些赞成了。

鲁迅的名文：《为了忘却的记念》，不就是要人忘记吗？但又一转念：

他虽说是叫人忘记，人们读了他的文章，不是越发记得清楚深刻了吗？思想就又有些糊涂起来了。

有些人，动不动就批评别人有"糊涂思想"。我很羡慕这种不知道是天生来，还是吃了什么灵丹妙药，一生到头，保持着清水明镜一般头脑，保持着正确、透明的思想的人。想去向他求教，又恐怕遭到斥责、棒喝，就又中止了。

说实话，青年时，我也是富于幻想，富于追求，富于回忆的。我可以坐在道边，坐在树下，坐在山头，坐在河边，追思往事，醉心于甜蜜之境，忘记时间，忘记冷暖，忘记阴晴。

但是，这些年来，或者把时间明确一下，即"十年动乱"以后，我不愿再回忆往事，而在"忘"字上下功夫了。

每逢那些年，那些事，那些人，在我的记忆中出现时，我就会心浮气动，六神失据，忽忽不知所归，去南反而向北。我想：此非养身立命之道也。身历其境时，没有死去，以求解脱。活过来了，反以回忆伤生废业，非智者之所当为。要学会善忘。

渐渐有些效果，不只在思想意识上，在日常生活上，也达观得多了。比如街道之上，垃圾阻塞，则改路而行之；庭院之内，流氓滋事，则关门以避之。至于更细小的事，比如食品卫生不好，吃饭时米里有沙子，菜里有虫子，则合眉闭眼，囫囵而吞之。这在疾恶如仇并有些洁癖的青年时代，是绝对做不到的，目前我是"修养"到家了。

当然，这种近似麻木不仁的处世哲学，是不能向他人推行的。我这样做，也不过是为了排除一些干扰，集中一点精力，利用余生，做一些自己认为有用的工作。

记忆对人生来说，还是最主要的，是积极向上的力量。记忆就是在前进的时候，时常回过头去看看，总结一下经验。

从我在革命根据地工作，学习作文时，就学会了一个口诀：经、教、优、缺、模。经、教就是经验教训。无论写通讯，写报告，写总结，经验教训，总是要写上一笔的。在很长一段时间里，我们因为能及时总结经验，取得教训，使工作避免了很多错误。但也有那么一段时间，就谈不上什么总结经验教训了，一变而成了任意而为或一意孤行，酿成了一场浩劫。

中国人最重经验教训。虽然有时只是挂在口头上。格言有：前事不忘，后事之师。前车之覆，后车之鉴。书籍有《唐鉴》《通鉴》……所以说，不能一味地忘。

一九八二年七月十四日

谈　　迂

不谙世情谓之迂，多见于书呆子的行事中。

鲁迅先生记述：他尝告诉柔石，社会并不像柔石想的那么单纯，有的人是可以做出可怕的事情来的，甚至可以做血的生意。然而柔石好像不相信，他常常睁大眼睛问道：可能吗？会有这种事情吗？

芸斋琐谈

这就叫作迂。凡迂，就是遇见的险恶少，仍以赤子之心待人。鲁迅告诉柔石的是一九二七年的事。现在，时值三伏大热，我记下几件一九六七年冬天的琐事，一则消暑，二则为后来人广见闻增加阅历。

一、我到干校之前，已经在大院后楼关押了几个月。在后楼时，一位兼作看管的女同志，因为我体弱多病，在小铺给我买了一包油茶面。我吃了几次，剩了一点点，不忍抛弃，随身带到干校去。一天清理书包，我把它倒进茶杯里，用开水冲着吃了。当时，我以为同屋都是难友，又是多年同事，这口油茶又是从关押室带来的，所以毫无忌讳，吃得很坦然。当时也没有人说话。第二天清早，群众专政室忽然调我们全棚到野外跑步，回到室内，已经大事搜查过，目标是：高级食品。可惜我的书包里，是连一块糖也搜不出来了。

二、刚到干校时，大棚还没修好，我分到离厨房近的一间小棚。有一天，我睡下得比较早，有一个原来很要好，平日并对我很尊重的同事，进来说：

"我把这镰刀和绳子，放在你床铺下面。"

当时，我以为他去劳动，回来得晚了，急着去吃饭，把东西先放在我这里。就说：

"好吧。"

第二天早起，照例专政室的头头要集合我们训话。这位头头，是一个典型的天津青皮、流氓、无赖。素日以心毒手狠著称。他常常无事生非，找碴挑错，不知道谁倒霉。这一天，他先是批判我，我正在低头听着的时候，忽然那位同事说：

"刚才，我从他床铺下，找到一把镰刀和一条绳子。"

我非常愤怒，不知是从哪里飞来的勇气，大声喝道：

"那是你昨天晚上放下的！"

他没有说话。专政室的头头威风地冲我前进一步，但马上又退回去了。

在那时，镰刀和绳子，在我手里，都会被看作凶器的，不是企图自杀，就是妄想暴动，如不当场揭发，其后果是很危险的，不堪设想的。所以说，多么迂的人，一得到事实的教训，就会变得聪明了。当时排队者不下数十人，其中不少人，对我的非凡气概为之一惊，称快一时。

三、有一棚友，因为平常打惯了太极拳，一天清早起来劳动之前，在院子里又比画了两下。有人就报告了专政室，随之进行批判。题目是："锻炼狗体，准备暴动！"

四、此事发生在别的牛棚，是听别人讲的，附录于此。棚长长夏无事，搬一把椅子，坐在棚口小杨树下，看"牛鬼蛇神"们劳动。忽然叫过一个知识分子来，命令说：

"你拔拔这棵杨树！"

这个人拔了拔说：

"我拔不动！"

棚长冷笑着对全体"牛鬼蛇神"说：

"怎么样？你们该服了吧，蚍蜉撼树谈何易！"

这可以说是对"迂"人开的一次玩笑。但经过这场血的洗礼，我敢断言，大多数的迂夫子，是要变得聪明一些了。

一九八二年七月十五日清晨
暑期已届，大院只有此时安静

谈　书

　　古人读书，全靠借阅或抄写，借阅有时日限制，抄写必费纸墨精神。所以对于书籍，非常珍贵，偶有所得，视为宝藏。正因为得来不易，读起书来，才又有悬梁刺股、囊萤映雪等刻苦的事迹或传说。

　　书籍成为商品，是印刷术发明并稍有发展以后的事。保存下来的南宋印刷的书籍，书前或书后，都有专卖书籍的店铺名称牌记，这是书籍营业的开端。

　　什么东西，一旦成为商品，有时虽然定价也很高，但相对地说，它的价值就降低了。因为得来的机会，是大大地增多了。印刷术越进步，出版的数量越多，书籍的价格越低落。这是经济法则。

　　但不管书的定价多么便宜，究竟还是商品，有一定的读者对象，有一定的用场。到了明朝，开始有些地方官吏，把书籍作为礼物，进京时把它送给与他有关的上司或老师，当时叫作"书帕"。这种本子多系官衙刻版，钦定著作，印刷校对，都不精整，并不为真正学者所看重。但在官场，礼品重于读书，所以那些上司，还是乐于接受，列架收储，炫耀自己饱学，

山地回忆

并对从远地带书来送的"门生",加以青睐,有时还嘉奖几句:

"看来你这几年,在地方做官,案牍之余,还是没有忘记读书啊!政绩一定也很可观了。可喜,可贺!"

你想,送书的人,既不担纳贿之名,致干法纪,又听到老师或上司的这种语言,能不手舞足蹈而进一步飘飘然吗?书帕中如果有自己的著作,经过老师广为延誉,还可能得奖。

但这究竟是送礼,并不是白捡。小时赶庙会,摆在小贩木架上的书买不起,却遇到一个农民模样的人,背来一口袋小书,散一些在戏台前面地方,任人翻阅,并且白送。这确曾使我喜出望外,并有些莫名其妙了。天下还有不要钱的书?蹲在地上,小心翼翼地挑了两本,都是福音,纸张印刷,都很好,远非小贩卖的石印小书可比。但来白捡的人士,好像也寥寥无几。后来才知道,这是天主教的宣传品。

参加革命工作以后,很长时间是供给制,除去鞋帽衣物以外,因为是战争环境,不记得发放过什么书籍。

发书最多也最频繁,是"十年动乱"后期,"批儒批孔"之时。这一段时间,发材料,成为机关干部日常生活中不可分割的一部分。见面的时候,总是问:"你们那里有什么新的材料,给我来一点好吗?"

几乎每天,"发材料"要占去上班时间的大半。大家争先恐后,争多恐少,捆载回家,堆在床下,成为一种生活"乐趣"。过上一段时间,又作为废品,卖给小贩,小本每斤一角二分,大本每斤一角八分。收这种废品的小贩,每日每时,沿街呼喊,不绝于路。

我不知道,有没有收藏家或图书馆,专门收集那些年的所谓"材料",如果列一目录,那将是很可观的,也是很有意义的。而且有些"材料",虽是胡说八道,浅薄可笑,但用以印刷的纸张,却是贵重的道林纸,当时印辞书字典,也得不到的。

以上是"十年动乱"时期的情况。目前,赠书发书的现象,也不能就说是很少见了。什么事,不管合理不合理,一旦形成习惯,就不好改变。现在有的刊物,据说每期赠送之数,以千计;有的书籍,每册赠送之数,以百计。

赠送出去这么多,难道每一本都落到了真正需要、真正与工作有关的人士手中了吗?

旧社会,鲁迅的作品,每次印刷,也不过是一千本。鲁迅虽称慷慨,据记载,每次赠送,也不过是他那几位学生朋友。出版鲁迅著作最多的北新书局,是私人出版商,而且每本书后面,都有鲁迅的印花,大概不肯也不能大量赠送。

从另一方面说,鲁迅在当时文坛,可以说是权威,看来当时的书店或杂志社,也并没有把每一本新书,每一期杂志,都赠送给他。鲁迅需要书,都要托人到商务印书馆或北新书局去买。

书籍虽属商品,但究竟不是日用百货,对每人每户都有用。不宜于大赠送、大甩卖,那样就会降低书籍的身价。而且对于"读书",也不会有好处。

一九八二年七月二十五日雨

山地回忆

谈 稿 费

卖文为生，古已有之。有一出旧戏词中唱道："王先生在大街，把文章来卖；我见他文章好，请进府来。"请进来当家庭教师，还是解决生活问题。另一出旧戏，也有一个文人，想当家庭教师也难，他在大街吆喝："教书，教书。"没人买他的账，饥饿不过，就到人家地里去偷蔓菁吃，传为笑谈。

想写点稿子，换点稿费，帮助生活，这并没有什么不光彩。我在北平流浪的时候，就有过这个打算。弄了一年半载，要说完全失败，也不是事实，只得到大公报三块钱的稿费，开明书店两块钱的书券（只能用来买它出版的书，也好，我买了一本《子夜》）。

抗日战争时期，没有稿费一说。大家过那么苦的生活，谁还想到稿费？一九四一年，我在冀中写了《区村和连队的文学写作课本》，有十多万字。因为我是从边区文协来的，有帮助工作的性质，当时在冀中主持文化工作的王林同志，曾拟议给我买一支钢笔作为报酬，大概也没有成为事实，我就空手回去了。一九四七年，这本书，在冀中新华书店铅印出版，那时我在家乡活动，一直步行，曾希望书店能给我些稿费，买一辆旧自行车。结果，可能是给了点稿费，但不过够买一个给自行车打气的气管的钱。

新中国成立以后，有了稿费，这种措施，突然而又突出，很引起社会上的一些注目。其结果，究竟是利多，还是弊多，现行的如何，以后又

芸斋琐谈

该如何，都不在这篇文章的检讨和总结范围之内。不过，我可以断定：在"十年动乱"时，有些作家和他们的家属，遭遇那样悲惨，是和他们得到的稿费多，有直接关系。

一九四八年平分土地之时，周而复同志托周扬同志带给我一笔稿费，是在香港出版，题为《荷花淀》的一本小说集的稿费。那时我在饶阳农村工作，一时不能回家，物价又不断上涨，我托村里一个粮食小贩，代我籴了三斗小米，存在他家里。因为那时我父亲刚刚去世，家里只有老母、弱妻和几个孩子，没有劳动力，准备接济一下他们的生活。这可以说是我第一次得到写作的经济效益。

现在，国家正推行新的经济政策和这方面的宣传，社会以及作家本身对稿费一事，是什么看法，我就不太清楚了。我只是想对有志于文学的青年，说明这样一个道理：各种工作，对国家社会的各种贡献，都应该得到合理的报酬，文学事业也不例外，但也不能太突出。另外，得到稿费，是写作有了真正成绩，达到了发表水平的结果，并不是从事文学工作的前提。真正成绩的出现，要经过一段艰苦的努力，这种努力有时需要十年，有时需要二十年，各人的情况不等。文章不能发表，主要是个人努力不够功夫不到所致，大多数，并非客观环境硬给安排的不幸下场。不要只看见别人的"名利兼收"，就断定这是碰命运轻而易举的事，草草成篇，扔出去就会换回钞票来。那是要耽误自己的。

一九八二年十二月八日

山地回忆

谈　师

新年又到了。每到年关，我总是用两天时间，闭门思过：这一年的言行，有哪些主要错误？它的根源何在？影响如何？

今年想到的，还是过去检讨过的："好为人师"。这个"好"字，并非说我在这一年中，继续沽名钓誉，延揽束脩。而是对别人的称师道友，还没有做到深闭固拒，严格谢绝，并对以师名相加者进行解释，请他收回成命。

思过之余，也读了一些书。先读的是韩愈的《师说》。韩愈是主张有师的，他想当别人的师，还说明了很多非有师不可的道理。再读了柳宗元的《答韦中立论师道书》。柳宗元是不主张为人师的。他说，当今之世，谈论"师道"，正如谈论"生道"一样是可笑的，并且嘲笑了韩愈的主张和做法。话是这样说，柳宗元在信中，还是执行了为师之道，他把自己一生做文章的体会和经验，系统地、全面地、精到地、透彻地总结为下面一段话：

故吾每为文章，未尝敢以轻心掉之，惧其剽而不留也；未尝敢以怠心易之，惧其弛而不严也；未尝敢以昏气出之，惧其昧没而杂也；未尝敢以矜气作之，惧其偃蹇而骄也。……

来信者正是向他求问为文之道，需索的正是这些东西，这实际上等于是做了人家的老师。

芸斋琐谈

近几年来，又有人称呼我为老师了。最初，我以为这不过是像前些年的"李师傅、张师傅"一样，听任人们胡喊乱叫去算了。久而久之，才觉得并不如此简单，特别是在文艺界，不只称师者的用心、目的，各有不同；而且，既然你听之任之，就要承担一些责任和义务。例如对学生只能帮忙、捧场、恭维、感谢，稍一不周，便要追问"师道何在"等。

最主要的，是目前我还活着，还有记忆，还有时要写文章。我所写的回忆文章，不能不牵扯到一些朋友、师长、一些所谓的学生。他们的优点，固然必须提到，他们的缺点和错误，有时在笔下也难避免。人非圣贤，孰能无过？

是的，我写回忆，是写亲身的经历，亲身的感受。有时信笔直书，真情流放，我会忘记了自己，忘记了亲属，忘记了朋友师生。就是说这样写下去，对自己是否有利，对别人是否有妨？已经有不少这样的例证，我常常为此痛苦，而又不能自制。

近几年，我写的回忆，有关"四人帮"肆虐时期者甚多。关于这一段的回忆，凡我所记，都是我亲眼所见，亲身所受，六神所注，生命所关。镂心刻骨，印象是非常鲜明清楚的。在写作时，瞻前顾后，字斟句酌，态度也是严肃的。发表以后，我还唯恐不翔实，遇见机会，就向知情者探问，征求意见。

当然，就是这样，出于前面说过的原因，在一些具体问题上，还是难免有出入，或有时说得不清楚。但人物的基本形象，场面的基本气氛，一些人当时的神气和派头，是不会错的，万无一失的。绝非我主观臆造，能

山地回忆

把他们推向那个位置的。

我写文章，向来对事不对人，更从来不会有意给人加上什么政治渲染，这是有言行可查的。但是近来发现，有一种人，有两大特征：一是善于忘记他自己的过去，并希望别人也忘记；二是特别注意文章里的"政治色彩"，一旦影影绰绰地看到别人写了自己一点什么，就口口声声地喊："这是政治呀！"这是他们从那边带过来的老脾气、老习惯吧？

呜呼！现在人和人的关系，真像《红楼梦》里说的："小心弄着驴皮影儿，千万别捅破这张纸儿。"捅破了一点，就有人警告你要注意生前和身后的事了。老实说，我是九死一生，对于生前也好，身后也好，很少考虑。考虑也没用，谁知道天下事要怎样变化呢？今日之不能知明日如何，正与昨日之不能知今日如何相等。当然，有时我也担心，"四人帮"有朝一日，会不会死灰复燃呢？如果那样，我确实就凶多吉少了。但恐怕也不那么容易吧，大多数人都觉悟了。而且，我也活不了几年了。

至于青年朋友，来日方长，前程似锦，我也就不必高攀，祝愿他们好自为之吧。

我也不是绝对不想一想身后的事。有时我也想，趁着还能写几个字，最好把自己和一些人的真实关系写一写，以后彼此之间，就不要再赶趁得那么热闹，凑合得那么近乎，要求得那么苛，责难得那么深了。大家都乐得安闲一些。这也算是广见闻、正视听的一途吧，也免得身后另生歧异。

因此，最后决定：除去我在育德中学、平民学校教过的那一班女生，同口小学教过的三班学生，彼此可以称作师生之外；抗战学院、华北联大、鲁艺文学系，都属于短期训练班，称作师生勉强可以。至于文艺同行之间，虽年龄有所悬殊，进业有所先后，都不敢再受此等称呼了。自本文发表之日起实行之。

一九八二年十二月二十三日下午一时三十分

谈　　友

《史记》："廉颇之免长平归也，失势之时，故客尽去。及复用为将，客又复至。廉颇曰：'客退矣！'客曰：'吁！君何见之晚也？夫天下以市道交，君有势，我则从君，君无势则去，此固其理也，有何怨乎？'"

这当然记的是要人，是名将，非一般平民寒士可比。但司马迁的这段描述，恐怕也适用于一般人。因为他记述的是人之常情，社会风气，谁看了也能领会其妙处的。

他所记的这些"客"，古时叫作门客，后世称作幕僚，曹雪芹名之为清客，鲁迅呼之为帮闲。大体意思是相同的，心理状态也是一致的。不过经司马迁这样一提炼，这些"客"倒有些可爱之处，即非常坦率，如果我是廉颇，一定把他们留下来继续共事的。

问题在于，司马迁为什么把这些琐事记在一员名将的传记里？这倒是从事文学创作的人，应该有所思虑的。我认为，这是司马迁的人生体验，有切肤之痛，所以遇到机会，他就把这一素材做了生动突出的叙述。

山地回忆

司马迁在一篇叙述自己身世的文章里说:"家贫,货赂不足以自赎。交游莫救,左右亲近不为一言。"柳宗元在谈到自己的不幸遭遇时,也说:"平居闭门,口舌无数,况又有久与游者,乃岌岌而操其间哉!"

这都是对"友"的伤心悟道之言。非伤心不能悟道,而非悟道不能伤心也!

但是,对于朋友,是不能要求太严的,有时要能谅。谅是朋友之道中很重要的一条。评价友谊,要和历史环境、时代气氛联系起来。比如说,司马迁身遭不幸,是因为他书呆子气,触怒了汉武帝,以致身下蚕室。朋友们不都是书呆子,谁也不愿意去碰一碰腐刑之苦。不替他说话,是情有可原的。当然,历史上有很多美丽动听的故事,什么摔琴呀,挂剑呀,那究竟都是传说,而且大半出现在太平盛世。柳宗元的话,倒有些新的经验,那就是"久与游者"与"岌岌而操其间"。

例如在前些年的动乱时期,那些大字报、大批判、揭发材料,就常常证实柳氏经验。那是非常时期,有的人在政治风暴袭来时,有些害怕,抢先与原来"过从甚密"的人,划清一下界限,也是情有可原的。高尔基的名作《海燕之歌》,歌颂了那么一种勇敢的鸟,能与暴风雨搏斗。那究竟是自然界的暴风雨。如果是"四人帮"时期的政治暴风雨,我看多么勇敢的鸟,也要销声敛迹。

但是,当时的确有些人,并不害怕这种政治暴风雨,而是欢呼这种暴风雨,并且在这种暴风雨中扶摇直上了。也有人想扶摇而没能扶摇上去。如果有这样的朋友,那倒是要细察一下他在这中间的言行,该忘的忘,该谅的谅，该记的记，不能不小心一二了。

随着"四人帮"的倒台，这些人也像骆宾王的诗句："倏忽搏风生羽翼，须臾失浪委泥沙。"又降落到地平面上来了，当今政策宽大，多数平安无恙。

既是朋友，所谓直、所谓谅，都是两方面的事，应该是对等相待的。但有一些翻政治跟头翻惯了的人，是最能利用当前的环境和口号的。例如你稍稍批评他过去的一些事，他就会说，不是实事求是呀，极不严肃呀，政治色彩呀。好像他过去的所作所为、所言所行，都与政治无关，都是很严肃、很实事求是的。对于这样的朋友，不交也罢。

当然，可不与之为友，但也不可与之为敌。

以上是就一般的朋友之道，发表一些也算是参禅悟道之言。

至于有一种所谓"小兄弟""哥们儿义气"之类的朋友，那属于另一种社会层和意识形态，不在本文论列之内，故从略。

一九八三年一月九日下午

少年鲁迅读本

第一课　家

西历一八八一年(民国前三十一年)九月二十五日,鲁迅诞生了。他的家在浙江省绍兴县城里,东昌坊口。他原名叫周树人,鲁迅是他后来写文章的"笔名",小名叫樟寿。那时他的家境还好,十二三岁的时候,他的祖父周介孚因为一桩事情下狱,他的父亲周伯宜又得了重病,家境就坏下来了。父亲病着的时候,鲁迅每天带了母亲的首饰到当铺去换了钱,又到药铺去买药,这样过了三年。十六岁的时候,父亲去世,照中国的习惯,他是长子,就得担负起很多痛苦的责任了。家境贫寒,有很多债务,一个寡老的母亲,几个弱小的弟弟,这就像许多绳索抛在了他的身上。鲁迅却从家里走出来。他有这个见识和勇气。鲁迅后来写过一篇文章叫《家庭为中国人之基本》。他说："家是我们的生处，也是我们的死所。"因为中国人有个老见解是"热土难离"，谁也不愿意"离乡背井"。可是在旧社会里，老在家里就是把自己装进牢狱，一生被女人孩子拖累着，不能做什么事业，有什么创造。所以，虽然母亲老了，弟弟又小，鲁迅也下决心离开了家，去开辟他的新的、有意义的生活道路。直到后来，他写文章、做事、革命，都是把家庭看得很轻，把事业看得很重，绝不肯叫家庭牵累坏了自己的前途。这样，他的身子是自由的，意志是向上的，才胜利了。一个有志气的少年，在美丽的年华里，建树一个高大的生动的理想，一直奔向社会，奔向人生的战场去了。家能给他什么呢？

第二课　姥姥家

我们小时，都愿意跟母亲到外祖母家里去做客。鲁迅的外祖母家住在绍兴城外安桥头，外祖母家姓鲁，那里是乡村，鲁迅幼小时候，常跟随母亲到那里去和大自然的美丽风景接触，和乡村的儿童玩耍。这留给鲁迅很深的印象，对他有很大的影响。他后来写过一篇文章叫《社戏》，里面描写乡村景色，孩子们乘船、看夜戏、煮豆子吃，实在写得动人，都是安桥头的故事。鲁迅从小爱好自然、田野、树木和天空，这些都属于他的祖国，因此，他更爱他的国家了。外祖母活着的时候，鲁迅去了，自然很受欢迎，那些表兄弟、舅舅有好东西让他吃，看戏的时候让他占好座位。鲁迅十二岁的时候，外祖母死了，亲戚家就冷言冷语地说鲁迅是个"讨饭吃

山地回忆

的""小要饭的"啊！鲁迅不能容忍别人对他的侮辱，就回到家里来，要自己独立起来生活。鲁迅小时遇到家境衰落，天天跑当铺，受人的白眼和侮辱。困难的境遇使他下决心去改造社会，他的努力不是为了自己一个人不受侮辱，是为了那一群穷苦的人永远不受侮辱。鲁迅更努力读书了。知识对一个人是很重要的，因为它能帮助你去开发生活。鲁迅一生性格很刚强，自己开创生活的大道，就因为他能时时刻刻追求新的知识，那些对生活有用的知识，书本上的，或者是社会上的。

第三课　小伙伴

鲁迅幼小时，家里的人和亲戚都叫他"胡羊尾巴"，是称赞他又小又灵活。他和小伙伴们到田地里去捉草虫，到河边去钓鱼虾。他对小伙伴很有感情，他有一个妹妹生下来十个月就死掉了，那时他才八岁，就在屋角暗暗哭泣起来了，母亲问他，他说："为妹妹啦！"这个感情一直保持到老。鲁迅常说中国的孩子很苦，不得温暖，没有玩具，受不到科学的教育。鲁迅在幼小时候虽然也像别的孩子一样，生活在父母的迂腐的教育里面，可是他已经知道去探寻新的知识和新的生活了。鲁迅记着孩子们没有偏私的坏心，摘豆角的时候，都主张到自己地里去摘，大家知道亲爱。他好玩耍，可是没有成为一个无知识的儿童。他还知道冷静地看一看周围的人、身边的事。他有一个邻居女人，见他和别的孩子摔跤，就鼓动他们把头往石头上去碰，后来又劝他去偷母亲的钱，但是鲁迅没有听她的。鲁迅后来住在上海，看见上海穷人的孩子们的生活更苦，连个玩具也没有，女孩子们很小便得在脸上抹粉，去找饭吃。上海抗战的时候，日本军队残杀中国孩子们，孩子们流浪在敌人烧毁的烂砖碎瓦上面，鲁迅深深痛苦，写文章叫孩子们也要知道国家的仇恨，要报复。他反对那些教育家，把孩子们训练成绵羊似的，不知道自己的仇恨，不敢去报仇雪恨。他就翻译了爱罗先珂的和别人的童话，那里面讲说鹰的故事，虎的故事，争自由的故事，不愿居住在牢笼里的故事。

第四课　私塾

　　鲁迅六岁的时候就入了私塾，老师是他的一个堂祖父周玉田先生。一进校门，就念《鉴略》，这是一种简单的历史书，专为启蒙的儿童编的，是古文，很难读难记。这些书记的都是古代人的事情，又是一些帝王、大官、皇后的私人生活。这叫一个穷孩子读起来，做梦也不能见到那些事情的真相，可是一定要能背诵过哩！就有一回，是附近一个大庙会的日子，鲁迅家里的人要去赶庙看戏了，船也雇好了，食盒全搬到船上去了，可是鲁迅还得站在院子里念书，他父亲命令他非得把那一段书背诵过，不准他去看戏。一家人全都看着他，替他着急，他一边看着人们全换上了新衣服，来来往往地往船上搬东西，可是他还要硬着头皮背书，他真要哭了。父亲一定要逼着他背过，直等到他背过书了，也筋疲力尽了，才叫他上船去，还告诉他回来的功课，又大大申斥一顿。这样，谁还有心思去看

山地回忆

河里的热闹，庙会上的风光呢？鲁迅呆呆地玩了半天，头脑重重地回家来了，丝毫也得不到游玩的乐趣。父亲就是这样地要子弟硬着头皮背书，希望他能光宗耀祖。这样逼得孩子们面黄肌瘦，闲时没有游戏的快乐，忙时也没有读书的快乐。这样把一个人的美丽的幼年的岁月，昏头昏脑地度过去了。鲁迅十二岁的时候，到寿镜吾先生的三味书屋里去读书，他念《诗经》，上面有些鸟、草虫的名字。鲁迅猜想，书上那鸟名，是不是天上飞的那种鸟？或者是不是后园里的那种草虫呢？一次，他问了问先生，就受到先生的训斥，说他不用功，只贪玩耍。鲁迅就只好死记那些鸟的名字、虫的名字，不能在实际的生活里看到它们的真相。虽然先生这样，父亲那样，但鲁迅还是开辟了自己求真的知识、活的知识的道路，他还是最爱好后园里那些小动物，看着它们生活、玩耍、生殖和工作。他后来很爱读法国大科学家法布尔的《昆虫记》，还想把它全部翻译过来，那书就是很活泼的有趣味的昆虫世界。他读了望·蔼覃的《小约翰》、爱罗先珂的《桃色的云》，那上面就说着一个草虫怎样会歌唱，一个青蛙怎样好清洁，一朵花怎样保护了自己的美丽，这些东西多么纯洁，有向上的意志，和环境奋斗着。

第五课　图画书

不管是鲁迅的父亲或者是他的老师，教给他的读书的方法，就是读书、读书，"读着，读着，强记住——而且要背出来……"这样，鲁迅在当时强记住了，可过一会儿就忘记，因为是强记住的，一不小心，就从小心眼里飞跑了。可是，一个孩子记住那些古怪字眼、生疏句子，是多么不容易？头里要伸出许多铁钳，才能把它们夹住。虽然先生有一条戒尺，有罚跪的规则，有骂人的嘴，有瞪大吓人的眼睛，可是稍稍一放松，鲁迅就偷着去画画儿了。书上的字，他不懂，没兴味，画个小人儿什么的，倒亲近些。在三味书屋，他用一种荆川纸蒙在小说上的画像上，一个个描下来，像习字时候的仿影一样，画了一大本《西游记》和《荡寇志》。幼小时候的鲁迅，就养成爱好美术的习惯，现在我们的国语、自然上，有很好的画了，鲁迅上学的时候，是专读"人之初，性本善"的，有许多孩子读得枯燥得要死了，只能偷着看第二页上那个恶鬼一样的魁星，来满足他们幼年的爱美的天性，这样他们也欢喜了。鲁迅有一远房的叔祖，是一个胖胖的、和蔼的老人，爱种一点花木，还有许多画图的书，他和鲁迅说，以前有一部《山海经》，上面画着人面的兽，九头的蛇，三脚的鸟，生着翅膀的人，没有头、拿两乳当眼的怪物……可惜没有了。鲁迅吃饭睡觉也想念这部《山海经》。后来他的保姆长妈妈给他买来了这有画儿的《山海经》，真把他高兴极了。他一生爱好书，他想读的书，就百般努力找来读，找来抄，当作宝贝。

第六课　童话

鲁迅译了好多本童话，叫我们在幼小时就有了很有趣味的书读。他会

山地回忆

讲故事,是个最好的小说家;他更会给孩子们讲故事,写文章常常会插进一段有趣味的故事。有一回,他说狗和猫为什么结了仇恨,他说:"据说是这么一回事:动物们因为要商议要事,开了一个会议,鸟、鱼、兽都齐集了,单是缺了象。大家议定,派伙计去迎接它,拈到了当这差使的阄的就是狗。'我怎么找到那象呢? 我没有见过它,也和它不认识。'它问。'那容易,'大众说,'它是驼背的。'狗去了,遇见一只猫,立刻弓起脊梁来,它便招待,同行,将弓着脊梁的猫介绍给大家道:'象在这里!'但是大家都嗤笑它了,从此以后,狗和猫便成了仇家。"鲁迅的祖母常讲故事给他听,夏天的夜晚,鲁迅躺在一株大桂树下面的小板桌上乘凉,祖母就摇着芭蕉扇坐在旁边,给他猜谜讲故事,有一回给他讲猫是老虎的老师的故事。 可是,鲁迅很不愿意听那些说鬼说怪,吓唬小孩子的故事。有一回,他的长妈妈给他讲了个美女蛇的故事,说有一种妖蛇能叫人的名字,人一答应就死了,这样吓得鲁迅连自己家里的后园也不敢去了,因为长草里面蛇是很多的。 他家那个后园叫百草园,是鲁迅幼小时的乐园。后来,他描写那园的可爱处:"不必说碧绿的菜畦,光滑的石井栏,高大的皂荚树,紫红的桑椹;也不必说鸣蝉在树叶里长吟,肥胖的黄蜂伏在菜花上,轻捷的叫天子(云雀)忽然从草间直窜向云霄里去了。单是周围的短短的泥墙根一带,就有无限趣味。油蛉在这里低唱,蟋蟀们在这里弹琴。翻开断砖来,有时会遇见蜈蚣;还有斑蝥,倘若用手指按住它的脊梁,便会啪的一声,从后窍喷出一阵烟雾。何首乌藤和木莲藤缠络着,木莲有莲房一般的果实,何首乌有臃肿的根。有人说,何首乌根是有像人形的,吃了便可以成仙，我于是常常拔它起来，牵连不断地拔起来，也曾因此弄坏了泥墙，却从来没见过有一块根像人样。如果不怕刺，还可以摘到覆盆子，像小珊瑚珠攒成的小球，又酸又甜，色味都比桑椹要好得远。"鲁迅讲过很多故事，是为了叫我们从这里知道科学的知识、人生的知识、自然界的知识，对我们的生活和工作，都有用处。当中国受到日本的侵略，政治和国家需要改革和建设的时候，他就又讲了儿童们怎样学习作战，怎样建立工厂，繁荣村庄的故事。

第七课　环境

鲁迅小时，家里给他找一个保姆，就是那个长妈妈。这个长妈妈，老理可多哩：小孩子最快乐的时候，自然是大年除夕了，可是就在这天晚上，长妈妈要给鲁迅上功课了，要他明天清早起来，第一句话就对她说："阿妈，恭喜恭喜！"这个长妈妈教给鲁迅很多道理，比如说人死了，不该说"死掉"，必须说"老掉了"；死了人、生了孩子的屋子里，不应该走进去；饭粒落在地上，必须捡起来，最好是吃下去；晒裤子用的竹竿底下，是万不可钻过去的……长妈妈不许鲁迅走动玩耍，拔一株草翻一块石头，就说是顽皮，要告诉他母亲去了。可是晚上睡觉，她把地方全都占了去，把鲁迅挤到席子角上，还把一条胳膊搁到鲁迅的脖子上。长妈妈叫这样一个小孩子，就得按着大人的走路方式走路，吃饭的方式吃饭，叫作"少年老成"。叫小孩子走她的旧道路，听她的老道理，不许孩子有什么

山地回忆

新的创造。有一个长辈送给鲁迅一本《二十四孝图》，要鲁迅当一名孝子。鲁迅却很欢喜上面的图画，长妈妈就又滔滔地讲说上面的故事，鲁迅就扫兴了，他听二十四个孝子的事迹以后，才知道当一个孝子竟这样难。他很讨厌那个老莱子，一个白胡子老头了，故意跌倒，装小孩子哭，欺骗爹娘，还说是孝子哩；还有那个郭巨，竟狠心去埋一个亲生的胖胖的可爱的孩子。还有邻居，鲁迅那一个远房的祖父还不错。这老人喜欢孩子，和孩子们往来，甚至称他们为"小友"，给他们有兴趣的书看。可是那个衍太太，就是一个坏女人，她看见孩子们在冬天大清早起来吃冰，就和蔼地笑着说："好，再吃一块，我记着，看谁吃得多。"孩子们比赛打旋子，看谁旋得多，她就在身旁记着数："好，八十二个了，再旋一个，八十三！好，八十四……"阿祥旋着旋着跌倒了，阿祥的婶母恰恰走过来，衍太太就接着说道："你看不是跌了吗？不听我的话，我叫你不要旋，不要旋……"后来，她又劝鲁迅偷母亲的东西。鲁迅不听她的话，她却散布流言说鲁迅偷了母亲的东西卖掉了。鲁迅在这些人的身边长大，他能够看清他们的脸，和他们的心肝。他要求新的教育，新的人生，同情和爱情，正直和勇敢，他就从家里走出来了，这时他才十八岁。

第八课　科学知识的重要

到南京，鲁迅进了水师学堂，那是造就中国海军人才的。大门口有两根高高的桅杆，叫学生练习爬桅，却在下面张起一面网，鲁迅说就是掉下来，也像一条小鱼跌在网里，摔不着的。这一样设备，就叫桅杆失去了原来的意义，练不出真正的技术和胆量来。学校后面本来还有一个水池，叫学生练习泅水，自从淹死了两个年幼的学生，校长就把水坑填平了，在坑边上盖起一座小庙，每逢节令，还请和尚来念经超度亡魂哩。那时候中国接受"西学"，就是这么半瓶子醋，迷信还打不倒。鲁迅很失望，就又进了一个路矿学校，学修铁路和采矿，虽然也没有学会，他却更接近了科学的知识。他读了赫胥黎的《天演论》，那是一本很有名的讲动物植物、人类进化的道理的书，接受了进化论的思想。今天，我们说鲁迅是一个文学家，但他这个文学家也是在科学上给中国启蒙的人，他很重视科学，他介绍了许多科学知识。我们最需要科学的知识，建设新的国家，科学是顶重要的。虽然我们的父亲和叔叔们，连天为什么下雨也说不清，我们却要努力知道生活上的各种现象、自然界、物理化学的道理。现在我们很小，就该好好演算算术题，研究自然课本，问老师鱼为什么能浮水，鸽儿为什么飞得快的道理；问问老师，地雷怎样做，为什么鬼子一走近它，它就发了脾气，连肚皮也气破？

第九课　老师

关于先生(老师)的事，鲁迅写过一篇题名《高老夫子》的小说，这位高老夫子真是一个顶坏的先生，上课以前要照一上午镜子，好用长头发把他那鬓角上的疤痕掩盖住；上了讲堂，偷看女学生，忘了讲书，其实他

山地回忆

也不会讲书，连题目都讲不清楚；下课以后，就打牌、喝酒，和流氓一伙……但是，鲁迅在日本仙台医学专门学校求学的时候，却遇到过一个负责任的好先生，这先生叫藤野。这是一个黑瘦的先生，八字胡，戴着眼镜，挟着一沓大大小小的书，一把书放在讲台上，就用了缓慢而很顿挫的声调讲书，讲的解剖学、骨学。上了一个星期的课以后，藤野先生把鲁迅叫到他的研究室，他坐在许多人骨和单独的头骨中间，问道："我的讲义，你能抄下来吗？""可以抄一点。"鲁迅说。藤野先生说："拿来我看！"鲁迅就把抄的讲义交给他。他在第二天就还给鲁迅，还说每一星期要送给他看一回。鲁迅拿回打开一看，吃了一惊，同时也感到一种不安和感激，原来讲义从头到末，都经藤野先生用红笔添改过了，不但增多了许多脱漏的地方，连文法的错误也都一一订正。这样一直继续到功课完毕。有一回，鲁迅把一条血管的图画错了，藤野先生就指着，和蔼地对他说："你看，你将这条血管移了一点位置了。——自然，这样一移，的确比较好看些，然而解剖图不是美术，实物是那么样的，我们没法改换它。现在我给你改好了，以后你要全照着黑板上那样的画。"是这样一个好的、负责的先生。不久，鲁迅因为受到刺激，离开了那个学校，临走时，藤野先生恋恋不舍。鲁迅后来写道："但不知怎地，我总还时时记起他，在我所认为我师的之中，他是最使我感激，给我鼓励的一个，有时我常常想：他的对于我的热心的希望，不倦的教诲，小而言之，是为中国，就是希望中国有新的医学；大而言之，是为学术，就是希望新的医学传到中国去。他的性格，在我的眼里和心里是伟大的，虽然他的姓名并不为许多人所知道。"而且，他的精神成了鲁迅工作的一种潜在的力量，他的照片就挂在鲁迅的屋子里，鲁迅每当夜间疲倦正想休息了，在灯光里一瞥见他那黑瘦的面貌，似乎正要说出抑扬顿挫的话来，鲁迅就再点起一支烟，工作下去……

第十课　为了拯救祖国

鲁迅为什么要离开那个学校呢？他受到了什么刺激呢？这以前鲁迅因为自己的父亲，被中国的医生用不合理、不科学的治法耽误了病症，又使病人痛苦死亡，就想学医来救护那些病人；又因为他知道日本明治维新，国家富强，是受了新医学的影响，就决心去学医。那个学校常用电影来讲课，比如关于细菌、解剖的课程。讲课的电影完了，就演时事新闻片子给学生看，那时正当日俄战争，有一天电影上出现了一个中国人，他要被枪毙了，因为给俄国当侦探，被日本军队捕住了。枪声一响，讲室里的日本学生，全呼"万岁"，只有一个学生没有喊，他心里很难过，他是谁呢？那就是鲁迅。他难过的还不是那个被杀的同胞，是因为电影上还有一群中国人，他们在看日本人枪毙中国人，脸上都有痴呆呆的笑容，像在看一种快意的热闹。到这时他才知道，学好了医术，也不过救好十个百个人的生命，四万万多人的思想，才是最需要医治的对象。这样他告别了那个愿意传授给他医学衣钵的藤野先生，离开仙台了。从此他要做一个文学家，来改造中国人的思想和灵魂，使他们知道什么行为耻辱，什么行为光荣，什么叫愚昧，什么叫进化，什么是奴隶，什么是自由。他想办一个文

> 山地回忆

艺杂志《新生》，象征祖国的康复，没有成功，他就单独作战……这时他是二十六岁了。二十八岁，他是章太炎先生的一个学生，加入当时革命团体光复会，开始翻译外国的小说，就是《域外小说集》。三十八岁，他发表那篇有名的短篇小说《狂人日记》，打击了中国的野蛮的家族制度，旧礼教的种种弊害，他是中国思想革命的急先锋。鲁迅写小说的目的，是指出中国社会的病症、人民的苦痛，引起全国人民觉悟起来改造它，使祖国走向民主的科学的道路。他的主要的小说是《呐喊》和《彷徨》两本书。

第十一课　完全解放了我们

有一个和鲁迅并不相识的少年，写来一首诗，题目是《爱情》。我是一个可怜的中国人。爱情！我不知道你是什么。我有父、母，教我育我，待我很好；我待他们，也还不差。我有兄、弟、姊、妹，幼时共我玩耍，长来同我切磋，待我很好；我待他们，也还不差。但是没有人曾经"爱"过我，我也不曾"爱"过他。我年十九，父母给我讨老婆。于今数年，我们两个，也还和睦。可是这婚姻，是全凭别人主张，别人撮合；把他们一日戏言，当我们百年的盟约。仿佛两个牲口听着主人的命令："咄，你们好好的住在一块儿罢。"爱情，可怜我不知道你是什么！许多少年人，就这样被牺牲了。不知道什么是爱，没有爱，没有可爱的人是多么悲哀的事！现在，我们边区的少年们，才知道爱情是什么了。先爱我们的国家、子弟兵和政府。到了结婚的年龄，政府的法令上订着婚姻自主。许多结婚的门对，代替过去的"天作之合"，写上"自由之花"了。有爱情的生活是比什么都宝贵。在那时鲁迅就劝告当父母的说：完全解放了你们的孩子，叫他们幸福吧。现在还有没有那样的，一听见"自由"两个字就摇头，还要包办儿女的婚姻的爹娘呢？ 关于女孩子们，鲁迅记下几笔买卖女人的账。祥林嫂被卖到深山野墺里，她婆婆得了"八十千"，爱姑的身价是九十块白洋。现在还有没有把女儿看成赔钱货，或者把自己看成"女儿的债主"的爹娘呢？

第十二课　格言

有这样一个少年人，他也有一个家，或者是一个有钱的、能吃得饱饱的家。他有一个爱人，或者是美丽的聪明的爱人吧。他有一个生命，是那样年轻有力，鲜艳光明。可是，他知道宝贵生命，不是躲藏起来，害怕战斗；他知道家可爱，不是把家当作绊脚石；他知道爱情，不为一个女人就不去革命。因为那样，生命还有什么用？爱情还有什么价值？ 这人就是鲁迅的一个因为革命被枪杀了的青年朋友，名叫白莽。死后，鲁迅在他的遗书上，看见这样四句格言：

生命诚宝贵，
爱情价更高，
若为自由故，
二者皆可抛。

山地回忆

第十三课　他写下少年们的历史

　　中国少年们为了拯救衰弱的苦难的祖国，有光荣的战斗历史。"三一八"，段祺瑞枪杀了爱国的青年们，鲁迅写了文章纪念死者，把他的悲愤传达给中国的青年们作为行动的力量。五个革命的青年，在上海龙华司令部被暗杀了，鲁迅写了文章纪念死者，把他的悲愤传达给中国的青年们作为行动的力量。"九一八"以后，天津的一个青年给了签订卖国条约的卖国贼一个炸弹，卖国贼倒喷了一口狗血，把青年的头颅砍了下来。"一二九"，学生们在刺刀和枪柄里呼号，鲁迅写了文章共同呼号。他的文章使中国的少年们从先烈倒毙的地方跨出新的一步！鲁迅看见一个不满十五岁的姑娘抱着一个竹筒，在马路上奔跑，给抗日的战士募捐，就写了文章，叫全世界看见中国少年人的心，爱国的热诚。鲁迅说：中国的少年和儿童，为了祖国的复兴，拼着稚弱的心力和体力，奔走在风沙泥泞中，冒死在枪林弹雨中，真是不知有若干次了。他愿意中国的少年们刚强勇猛地前进，在解放祖国的征途上壮大起来，像一只充满战斗力量的小狮子。

十四课　战术

　　毛泽东同志说："无产阶级的最尖锐最有效的武器只有一个，那就是严肃的战斗的科学态度。"看看鲁迅的传记，看看鲁迅的书，鲁迅就是名副其实的这样一个战士。他知道哪些是敌人，哪些是戴着"亲善的面具的敌人"。他知道敌人的要害，就向那里投枪，他撕破敌人的面具，使他们露出原来的嘴脸。他不中敌人的诡计，立时把诡计拆穿，像拆穿西洋镜一样。他不受敌人、奸细引诱和挑拨：当时，就给挑拨的人死命的一击。狡猾的敌人来叫阵了，他们想刺激一下鲁迅，使他赤着膊子上阵，好暗暗射他一箭。鲁迅懂得兵法，先把铠甲穿好，把战壕掘深，然后走出阵来，一直把敌人攻到水沟里去。敌人跌到了水沟里，就成了一个落水狗。狗在水里挣扎，鲁迅站在岸上，用长竿再把它按进水底，一直到狗停止了呼吸，再不会陷害人、出坏主意，这叫作鲁迅的"打落水狗战术"。因为狗落水了，你就不管，以为胜利，那狗还可以爬上来，把身上的水抖去，跟在你的背后，咬死你，到那时，你才后悔不及哩！

一九四一年